奇跡の百人一首

—音読・暗唱で脳力がグングン伸びる—

杉田久信

祥伝社黄金文庫

百人一首で記憶力が伸びる

富山市の五福《ごふく》小学校で百人一首に取り組み始めたのは、今から九年前の平成一三年度からでした。それは、全校一丸となっての徹底した取り組みに発展しました。その後、平成一七年度から、私は山室中部小学校に転任し、そこでも百人一首の取り組みを始めました。児童数八〇〇人を超える大規模校であったこともあって、全校的な取り組みになるまでには多くの困難がありましたが、そこではICT（情報通信技術）を全面的に活用した創意あふれる取り組みになりました。しかし、徹底という面では五福小学校での取り組みには及ばなかったと感じています。なお、五福小学校では、現在も百人一首の取り組みが続けられていると聞き、嬉しく思っています。

ところで、百人一首に取り組んだ子どもたちが中学・高校で極めてよい成績を収めたと伝え聞いています。また、卒業生やその保護者から一番感謝されるのが、「百人一首」や名文・詩文の暗唱です。以前、小学校低学年のときに、百人一首の百首を五分間で暗唱できていた高校生の卒業生に出会ったら、大学入試用のドラゴンイングリッシュ基本英文一〇〇をわずか一カ月半で完全に暗唱できたと明るく話してくれました。

この言葉に刺激され、私もこの基本英文一〇〇を覚えてみようと思いました。それは、私が高校生のとき、当時の基本英文一〇〇を覚えようと努力したけれども結局挫折した苦い経験があったからです。私は百人一首の高速暗唱法を提唱してきたので、自らも通勤時に百首暗唱の練習を日課にしてきました。それで、もしも、私が基本英文一〇〇を覚えられたら、百人一首の暗唱が記憶力向上に効果がある証明になるのではないかと考えたのです。結論から言うと、基本英文一〇〇を、毎日約四〇分の暗唱練習プラス隙間の時間の練習で、四カ月で暗唱することができました。ドラゴンイングリッシュ基本英文一〇〇は、私が高校生のときに覚えようとした英文よりも難解で長文だったので、最初は、暗記するのはとても無理だと感じましたが、今では、日本語訳も見ないで一〇〇文を一気に一五分以内で暗唱できるのです。六〇歳を超えた私にも、時間はかかりましたがこのように暗唱できたのは、百人一首の暗唱練習の賜物だとしか思えません。今の私が高校時代と決定的に違うのは、記憶できるまで頑張る「粘り強さ」がしっかり身に付いていることです。記憶力とは粘り強さがその本質なのかもしれません。百人一首の暗唱練習で、少なくとも記憶するための粘り強さが身に付くことは保証できます。ぜひ、老いも若きも、百人一首の暗唱に取り組んでみてください。

平成二二年一一月　杉田《すぎた》　久信《きゅうしん》

もくじ

第三章　百人一首　まる覚え百首　35

本書は、二〇〇四年九月小社より『奇跡の百人一首　音読・暗唱で子どもの脳力がグングン伸びる』として単行本で発行された作品を、加筆・修正し、文庫化したものです。

装丁／中原達治
構成／小林ゆうこ

第一章

百人一首はなぜ子どもの脳力を伸ばすのか

ます。

五福《ごふく》小学校の百人一首への取り組み

「音読と単純計算がもっとも脳を活性化し、荒れ・キレも防ぐ」という最近の脳科学の研究結果を踏まえて、富山市の五福小学校では音読・暗唱、百マス計算などに力を入れています。

とりわけ百人一首の音読・暗唱は、子どもたちの学力向上に大きな効果が見られるということで、平成一六年からは最重点目標として全校的に取り組みました。

五福小学校が百人一首に初めに取り組んだのは、かるた取りゲームからでした。

私が赴任《ふにん》した一二年に、ふたりで一組の手作りのかるたを使えるようにしたのですが、せっかくのかるたも、この年はほとんど活用されませんでした。一三年には一部の学年で力を入れて行なわれ、一つの学級では児童全員が百首を暗唱しました。

すると次年度の学力テストで、その学級の国語の平均点が県の平均より10点近く高いという結果が出て、百人一首は国語力の向上に効果があるのではないかとの認識が先生の間に広がり、一五年から全校的な取り組みになったのです。

その年の間にはすっかり定着。そして翌一六年、一学期の取り組みは「百人一首で優れた記憶回路を開こう」との本校の方針にもとづいて、どの学級でも行なわれました。

保護者にも協力してもらいましたが、もっとも驚いたことは、その年の一年生の大半が、二学期のうちに百首を覚えたことです。担任の熱心な指導によって小さな学年でもスイスイと覚えられるものだということを確信しました。

その一年生の入学式のアトラクションで、二年生になったばかりの子どもたちが百人一首をひとり五首ずつ暗唱してみせました。その様子を驚いて見ていた新一年生の保護者たちは、まさか短期間でわが子も同じように覚えられるとはと、二度驚かれたに違いありません。現在でも、全校児童多くの子どもたちが百首を覚えているようです。ただ、百首覚えてからが実は大切なのです。

美しい日本語が心に刻まれる効果

百人一首は日本人の発想や美意識、豊かな心を伝えており、今日までの長い歴史の中で読み継がれ、かるた遊びとしても親しまれてきました。いわば国民的財産ともいうべきものです。以前から私は、百人一首を通して、子どもたちに日本語の美しさに触れさせ、豊かな心をしっかり定着させたいものだと考えていました。

それには、百人一首を繰り返し心に刻《きざ》みつけるのがもっとも効果的です。そのときは意味も分からずに暗唱した文章が、後に子どもたちの教養や知性の骨格になっていくことは少なくありません。意味の理解は、年とともに自然に各自が獲得していくものです。

百人一首を音読・暗唱によって繰り返せば、心の底に深く根ざした真に生きた言葉として育っていきます。また百人一首の音読・暗唱は国語力を高めることにつながります。

国語力とはつまり、他人の言葉が理解でき、自分の言葉で表現できること。とくに現代語の源流になっている古い言葉の音読や暗唱は、日本語のニュアンスへの感受性を著しく高め、国語力を伸ばします。

実際に、古文を音読・暗唱させることで飛躍的に国語力を高めた実例が報告されています。五福小学校でも、百人一首を百首全部覚えた子どもたちの国語力は明らかに高く、国語のテストの成績もよい傾向にあります。

百人一首で脳の記憶回路が開く

百人一首は「脳力」を高めることにも極めて効果的です。この場合の「脳力」は、いわゆる学習能力の「能力」ではなく、記憶力や理解力などのいわば「脳の基礎体力」です。

百人一首を百首覚えた子どもたちの自信は大きく、実際に記憶力は飛躍的に鍛えられています。事実、国語の教科書に載っているような長文を、ほんの数回読むだけで暗唱できる子が、どんどん増えています。中には二年生の教科書に出てくる『スーホの白い馬』を数回読んだだけで覚えてしまう子もいました。暗唱を繰り返すことで、優れた記憶回路が形成されるのです。これは中学校に進んでから大きな力になると思います。

ところで、子どもたちが中学や高校へ行くようになると、学習する量は小学校とは比べものにならないほど多くなります。すると、子どもたちは「一夜漬《いちやづ》け詰《つ》め込《こ》み学習」に走らざるを得なくなります。

しかし、このような学習では、必死で詰め込んだ学習内容も、テストが終わればほとんど忘れてしまいます。それどころか、一夜漬け学習を長年続けていると、燃え尽き症状に陥《おちい》る危険性すらあるのです。大脳の新皮質ばかりを酷使《こくし》するからです。

いっぽう生徒の中には、教科書を一回読むだけでほぼ内容を理解し、すべて記憶して忘れないといった脳力を持った者がいます。このような脳力は生まれつきの面も少なくありませんが、訓練によってある程度身につけることができるものです。

それは反復徹底学習、とりわけ音読・暗唱は、海馬《かいば》（大脳辺縁系＝旧皮質にある）への記憶回路を開くと言われています。海馬への記憶回路が開けば、記憶力ばかりか理解力までも飛躍的に向上します。（海馬はこれまで短期記憶のみを司る下等な脳と見られてきましたが、最近の研究では高次認知機能や長期の記憶にも深く関連していることがわかってきました）

右脳教育の研究者によれば、海馬の記憶には、理解力、感性、創造性が自動的に伴《ともな》ってくるというのです。これが海馬の自動処理機能です。

乳幼児は意味もわからず言葉を真似しているだけで、自然に言葉の意味を理解し、言葉と言葉を結びつけて創造的に言葉を使いこなしていきますが、この驚くべき脳力が、海馬の自動処理機能なのです。

音読・暗唱などを繰り返す反復徹底学習でも、この自動処理機能が働きます。反復徹底学習で身につけたものは海馬の記憶となり、体で覚えたという感覚です。

それは長く忘れないだけでなく、後に、その意味が深い次元で理解され、感性、創造性につながる真の知恵となるのです。

あらゆる技能の達人たちは、反復練習によって得られた、この自動処理機能を十分に働かせていると思われます。そろばんの上級者は、暗算のときに考えるというよりイメージしたそろばんの珠《たま》が自然に動くと言われています。これは、あらゆるスポーツや芸能などの達人に共通している境地のようです。

「できる」を先にする学習へ

反復徹底学習は、海馬の自動処理機能を引きだす学習法なのです。それは、反復によって「できる」を先にして、意味の理解を後にする学習です。つまり、「わかる」から「できる」ではなく、「できる」から「わかる」への学習。百人一首はまさに、その典型的学習なのです。これは落ちこぼれが生じにくい学習法です。

江戸時代の寺子屋《てらこや》で行なわれていた論語など〝四書五経《ししょごきょう》〟の素読《そどく》も、暗唱できるまでひたすら棒読みをするだけで、その意味は教えられなかったといいます。急いで意味を求めず、言葉そのものを繰り返し心に刻みつけておいてこそ、将来、生きた日本語として育っていくのです。

人間の最初の学習は「できる」が先で「わかる」が後です。それは、乳幼児は言葉の意味が後からわかるという事実を指しています。このことからも、後から「わかる」のは決して特殊なことではなく、むしろ理解の基本形なのです。

反復徹底学習で子どもが元気になる

反復徹底学習は脳力を伸ばすだけではありません。子どもを元気にもするのです。

とりわけ、音読・暗唱は最も効果が実感できます。「元気だから大きな声が出るのではなく、大きな声を出すから元気になるのだ」と感じられるのです。

以前、「戸塚《とつか》ヨットスクール」で、脳幹を鍛《きた》えて生命力を強化するには、ヨットこそが効果的だと唱《とな》えられました。しかし、ヨットに乗らなくても、音読・暗唱、百マス計算などの反復徹底学習によって脳幹を鍛えることができるというのが、私の仮説であり、確信です。

五福小の子どもたちも、休み時間になると一斉に校庭に飛び出すほど元気で、絵を描かせるとどの学年もみなパワフルで明るいタッチになりました。しかもおしなべて緻密《ちみつ》な絵なのです。

音読・暗唱は感性を磨くことにも、よい影響を与えているのです。

努力すれば部分的に大人を超えられるという自信もまた、子どもたちを素晴らしく成長させ、いっそうのやる気を与えます。ほめられたということよりも、むしろ「自分で努力して、百人一首をここまで覚えた」という自信が、最大の力になるのではないかと思います。

「生《い》き筋《すじ》」とは、混迷している事態を脱する重要なポイントのことですが、私は、小学校教育の「生き筋」とは、基礎的な「読み・書き・計算」を子どもたちにきちんと反復徹底させることだと思っています。

「読み・書き・計算」の反復徹底学習は、子どもたちに学力だけではなく、自信をつけて生き生きとさせます。子どもたちが生き生きすれば、保護者から感謝されます。すると、教師は自信を持ち、保護者も家庭教育に力が入ります。これだけで小学校教育は見違えるほど再生すると確信しています。

明治維新《めいじいしん》の志士《しし》たちも反復学習をしていた

歴史的に見ても、音読・暗唱の反復徹底の教育の中から、創造性あふれる優秀な人物が多数育っています。ノーベル賞受賞者の三分の一がユダヤ人であると言われていますが、彼らの教育は、幼児期から膨大なユダヤ教典を暗唱させることで知られています。

イギリスでもっとも繁栄したエリザベス女王の時代の教育は、ラテン語の文章の暗唱を中心にしたもので、優秀な人物が多く育ったといいます。

日本でも、明治維新の頃、創意あふれる偉人たちが多く輩出されましたが、これは江戸時代後期の藩校《はんこう》や寺子屋で、論語など漢文の素読・暗唱の教育が盛んに行なわれたからだと考えられるのです。歴史上の偉人たちも、音読・暗唱による聴覚刺激で、海馬への記憶回路を開いていたのです。

ただし海馬への記憶回路を開くためには、私たちの常識をはるかに超えたレベルの繰り返しが必要です。一〇回や二〇回の繰り返しでは、暗記したとしてもそれは浅い記憶にすぎません。五百回、千回と繰り返す、そして速度も速ければ速いほど、深い記憶となり、その過程で海馬への記憶回路が開いてくるのです。

空海《くうかい》の時代から行なわれているスーパー学習法

日本には昔から脳を開く修法があります。真言宗《しんごんしゅう》の教祖で高野山金剛峯寺《こうやさんこんごうぶじ》を開いた空海が、中国で旅の僧侶から伝えられ、自らも実践したといわれるもので、求聞持聡明法《ぐもんじそうめいほう》といいます。

睡眠と食事以外の時間に一日一万回のマントラを繰り返し唱えるというもので、百日百万回を終えると、無限の「記憶力」、そして「理解力」が身につくというお坊さんのスーパー学習法です。マントラは真言《しんごん》のことで、簡単に言うと密教で真理を表す秘密の言葉です。

お坊さんの中にも、頭のよい人、覚えの悪い人といろいろいたはずです。そんなお坊さんがただひたすらマントラを唱え続けると、ある瞬間から、パッと脳が開いたようになり、難しいお経がすらすら覚えられるようになるという秘法です。脳の深部の記憶の回路が一気に開けるのです。子どもは大人の十分の一以下の繰り返しで到達できるそうです。

この修行を終えると、一度見た光景や一度聞いた話をまったく間違わずに再現することができるようになると言われています。

しかし、子どもたちの脳力を開くのには音読・暗唱を徹底すれば特別のマントラでなくても可能です。むしろ、百人一首が最適です。

百人一首は、国語力もつき、百首という目標設定をつくりやすく、何度繰り返しても飽《あ》きません。百首覚えることに達成感があり、暗唱時間を縮めることにも喜びを感じられます。そして結果的に記憶力が飛躍的に伸びることが実感できます。これは実践してみた感想です。

小学校時代こそ脳力開発に最適

脳力を思いきり伸ばせるのは、小学校時代が最適です。小学校時代に、学校そして家庭で「読み・書き・計算」による学力や脳力の基礎をきちんと作っておかなければ、いくら天賦《てんぷ》の才《さい》に恵まれていたとしても、中学・高校時代に開花させたり、真価を発揮することができません。なお、幼児期に遊び的学習が多くあれば、一層脳力は伸びるでしょう。

読み・書き・計算の反復学習の重要性と、「百人一首で徹底して脳を鍛えることが、本当に中学や高校で役立ちますよ」と私が保護者に重ね重ね言っているのは、そのような理由からです。もちろん「人間的な生きる力にもプラスになりますよ」と繰り返すのも忘れません。保護者の協力を仰《あお》ぐことなしには、脳力開発の効果は半減します。

今、子どもたちの使う言葉が、たいへん乱れています。メールで飛び交《か》っている「ぶっ殺してやる」とか「むかつく」など、決して美しくない言葉が横行しています。

その対極にあるのが、百人一首などの古文です。

音読・暗唱や百マス計算などの反復徹底学習は、偉い先生がたからは批判があるのも事実ですが、「〝条件反射の教育〟では、考える力や表現する力がつかない」という言い方は、子どもの事実を見ていない単なる観念でしかないと、私は考えています。

反復学習に熱心に取り組んでいる子どもたちに共通する傾向は、とにかく真面目であるということ、そして努力家であるということ。そして「粘り強さ」や「集中力」が著しく伸びているということです。

この「粘り強さ」や「集中力」は、物事を創造し、やり遂げる際に必要不可欠な能力であり、これこそ生きる力の中核といえるものです。

反復学習を通して、彼らは脳力を大きく伸ばしているのです。事実、知能指数も向上しています。

逆にキレる子どもたちにとっては、反復徹底学習が大敵。うまく続けられません。

「反復学習をやると左脳ばかり使うので、頭が固まる」という学習観は、最近の脳科学によって「旧来のもの」となってきました。

ゆとり教育、新学力観によって、読み・書き・計算や反復学習がずいぶん軽視されてきましたが、今日、この教育について検討しなおす時期が来ているのではないかと思います。

百人一首に役立つ「心のキーワード」

1. まず一首、小さな一歩を踏み出そう。
2. 「百首達成」の目標があれば力が湧き、集中すれば頭が冴《さ》える。
3. 最後までやりとげたら、自信と喜びが湧いてくる。
4. 誰にも負けない自分の得意な句を見つけましょう。
5. 夢のある人は輝いている。夢は自分の好きなことの中にある。
6. すすんでやったことは、言われてやったことより一〇〇倍も価値が高い。
7. 楽しい気分で毎日三〇分、努力すれば苦手なものも得意なものに。
8. 「百首達成」の夢を持ち続けて、「きょう一首」の努力を積み重ねよう。
9. わくわくするとき、やりたいとき、いつでもどんどんやろう。
10. 思い通りになることも、ならないことも、自分の成長には必要なこと。

第二章 百人一首を家庭でどう学んだらよいか

一日一首を何十回も音読

五福小学校では、百人一首への取り組みを朝の活動（一五分間）として位置づけていますが、ほとんどの学級で朝だけでなく、わずかな空き時間や下校前の時間を活用して、毎日少しずつ音読していました。

内容はまず、全員で声を出して行なう暗唱練習（一日一首）。担任の先生が短冊《たんざく》に書いて提示し、子どもたちに何十回も言わせています。また、ふたりで対戦する〝札とりゲーム〟も盛んです。

どちらもスピードを重視してテンポよく行なうのがコツ。子どもたちはテンポのよい暗唱が大好きで、始業前や休み時間に、担任の先生にひとりずつ暗唱を聞いてもらっている姿もよく見られます。

子どもたちは面白がって「一日一首では足りない」「五首くらい、まとめてやりたい」というような希望を出しているようです。

まとめて覚えることも効果的ですが、最初のうち（四〇首まで）は一日一首ずつの方がいいと思います。一首を何十回も「音読」して覚えて、さらにそれまで覚えた句を繰り返し「暗唱」するのが、暗記の定着のためにはいいようです。

家では親子で〝交代音読〟がいい

一首を何十回も一気に繰り返すと、頭が朦朧《もうろう》としてしまいますから、家庭でやるときには、家の人が手伝い〝交代音読〟をするといいでしょう。

たとえば一〇回子どもが言った後は、「次はお母さんね」などと交代して、お母さんが一〇回言う。その次は子どもとお母さんが一回ずつ……。

何回ずつ交代で読むかに関しては、その日の調子で決めます。

家庭でやるときには、親子とも、百首の「音読・暗唱」を達成したときのイメージを持つことが大切です。

また計画表を書いて達成までの流れを見極めるとよいでしょう。親子で取り組み、一日一首で一カ月約三〇首。三カ月で約九〇首、三カ月余りで百首の暗唱が達成されます。

「高速暗唱法《こうそくあんしょうほう》」で百人一首が楽に覚えられる

五福小学校では百人一首の音読・暗唱を、以前は朗々《ろうろう》としたテンポで行なっていましたが、現在は速いテンポでリズムにのって行なっています。一首を三〜四秒で切れ目なく音読・暗唱していくのです。これを「高速暗唱法」と名づけています。

これは、速いテンポで読む方が記憶力が高まり、早く・深く記憶できることが実践してみてわかったからです。しかも、子どもたちは速いテンポを好み、時間も大幅に短縮できます。最近の脳科学でも、音読・暗唱、計算のテンポは速いほど脳が活性化することがわかっています。

さて、暗唱するときのコツは、暗唱する一首の文字を徐々に隠していくことです。最初、全文を見ながら音読を繰り返しますが、慣れたところで下の句を隠して音読します。次には、上の句の最初の五文字だけを見て暗唱し、さらには、最初の一文字だけを見て暗唱します。最後は何も見ないでの暗唱に移るのです。特に、この最初の五文字や一文字だけを見て練習することは、暗唱時間を短縮する上で極めて効果的です。文字を見ながら音読を繰り返していては、いつまでたっても暗唱できません。記憶するには、記憶の回路に乗せること、すなわち、何も見ないで頭の中で思い浮かべる作業が必要なのです。

「高速暗唱法」は、単に高速で暗唱するだけではありません。すでに暗唱したものを忘れないうちに繰り返しながら、新しい次の暗唱を積み上げていく記憶法です。よくあるケースは、五〇首まで暗唱できたとしても、次の一〇首の暗唱に全力をあげているうちに、せっかく覚えた五〇首の大半が抜け落ちてしまうことです。ですから、忘れないうちに暗唱を繰り返すことが大切です。「高速暗唱法」なら、五〇首も短時間で復習することができます。そのため、ちょっとした隙間の時間に復習ができます。お勧《すす》めの練習時間は、朝起きたらすぐ（＝最も効果的）、寝る前、食事の前、トイレに行ったとき、入浴中などです。

また、百人一首を書いてみることも極めて効果的です。一日一首書き出してみることは、まったく苦になりません。それでいて記憶をより正確、完璧にしてくれます。この本には、漢字まじりで百首が掲載されていますが、それは、記憶する上で効果的だからです。もともと百人一首は、すべてひらがなで表記されています。ですから、書き出すときはひらがなだけでいいのです。できれば美しい字で書きましょう。

私が校長を務めていたときの一年生には新学期早々から、三年生や四年生とほとんど同じスピードで話しかけてきました。普通なら、一年生なりのテンポで「み、な、さ、ん」と話しかけるところを特別扱いせずにやってみたのです。どうだろうかと心配する向きもありましたが、興味深いことに、一年生の学校内での動作が、例年になくテキパキと速くなっているのです。脳が活性化しているとしか思えません。

また、百人一首の音読・暗唱についても、一年生は「高速暗唱法」で取り組んできましたが、わずか半年あまりでほとんどの子どもたちが百首を暗唱できるようになっています。そして、その表情は自信にあふれています。しかも、このことは子どもたちが楽しそうに喜んで取り組んできた結果なのです。これは驚くべきことです。高速暗唱法は記憶法の革命かもしれません。

暗唱時間を短縮することで優れた記憶回路がつながる

百人一首の学習は「音読・暗唱」を毎日やれば、それで終わりではありません。百首を覚えるまでいったら、今度は暗唱の時間を短縮していく訓練をします。これが大切なのです。百首覚えたあと、何度も繰り返し練習して、百首の暗唱時間が七分以内になるまで練習してください。「脳力が開く」のはここからが出発です。

脳の話は前述したように、百首を覚えることで前頭前野を鍛えた後、さらに深い領域の脳に記憶させるためには「反復徹底」が鍵になります。

その反復訓練によって初めて、優れた記憶回路がつながり、脳が活性化します。つまり海馬に記憶させることで、本当の意味で百人一首が身につくことになるわけです。

私も一生懸命に練習してみたのですが、何も見ないで百首全部を暗唱するのに、約六分かかります。読みながらなら四分台。音読だけなら短時間でできますが、暗唱となると口が回らなくなり、つい時間がかかってしまいます。大人になって脳の働きが悪くなっているからでしょうか。

百首覚えてから全部を暗唱するのに、最初、私は三〇分以上かかりました。それを繰り返していくと、今度はどんどん時間が短縮されていきます。百マス計算と同じ経緯を辿るわけです。

最速が、百首暗唱で四分三〇秒。そこまで訓練してみると、やはり記憶力に大きな変化が起きていることに気づきました。たとえば原稿にした挨拶の文章をなかなか覚えられないほうだったのが、一回読めば、ある程度は言える自信が出てきました。この方法は、大人にも効果がかなりあるようです。まして子どもたちなら、もっと効果が大きいことは容易に想像ができます。

ここで紹介した「高速暗唱法」は、先に百首を何とか暗記して、それから百首暗唱の時間を七分以内に短縮する方法でした。それは、私自身が暗唱してきたやり方です。しかし、別のやり方もあります。それは、最初から一首ずつを約三秒で暗唱できるまでひたすら練習を繰り返し、三秒で完璧に暗唱できるようになってから、次の一首の練習に移るやり方です。これは、やや時間がかかる印象がありますが、より確実に記憶できるよさがあります。また、一〇首ごとにだいたい覚えてから、この一〇首を三〇秒で一気に暗唱できるまで繰り返し練習する方法もあります。どのやり方が最も効率的かは一概に言えません。実際にやってみて、自分に合ったやり方で取り組んでほしいと思います。ただ、学校で取り組むなら、一首ずつ三秒で暗唱できるまで練習していくやり方がお勧めです。それは、全員が一歩ずつ確実に進んで行くことができるからです。

初めは句の意味にはこだわらない

面白いもので、何度も「音読・暗唱」すると、句の意味がうっすらと分かるようになります。いったん百首を完璧に覚えてしまうと、自然に句のイメージが鮮明に湧《わ》いてくるのです。「音読・暗唱」しているうちに感性が鋭くなり、「この句はどういう意味かな」と強い関心を抱くようになるのです。

すると不思議なことに、現代語訳をたった一度読んだだけで、スーッと頭に入るのです。ほとんどの句が、自分が抱いていたイメージ通りの内容で「あぁ、やっぱりこういうことだったのか」と、何度も膝《ひざ》を打ちました。

そんな楽しみ方ができるのも、身についているからなのだと思います。

中高生で古文が苦手という生徒が多いものですが、まずは百人一首のように教科書を「音読・暗唱」すれば、意味も理解できて楽しく身につくのではないかと思います。

四〇首覚えるまでは一気に

一句を百回も繰り返して読み込めば、百人一首は誰にでも覚えられます。でも、百回はたいへんだと思うかもしれません。しかし、頭の柔らかい小学生なら、二〇回ほど繰り返しただけで、きちんと覚えられる子もいます。子どもたちは、ひとつには覚えることに対する抵抗力がないので、実に自然体で自分のものにしていきます。そしてまた、覚えた句が四〇首を超える頃から、一首を覚える時間が急激に早くなっていくのです。

一〇首、二〇首、三〇首あたりまでは四苦八苦しますが、四〇首を覚える頃からある程度の効果が出てくるというのが、私の感触です。句を暗記するに従い、「集中力」「記憶力」が飛躍的に高まるために、暗唱の所要時間に加速度がつくのです。

担任の先生方に聞いてみると、私と同じような感想を抱いていました。

「百人一首の暗唱が国語力にプラスになると実感するのは、やはり四〇首を超えてからではないか」との意見です。

毎日一首覚えて一ヵ月と一〇日。それぐらいになると、子どもの表情が生き生きと輝き、動作がテキパキしてくるのが分かります。逆に四〇首までは一気に、とにかく毎日休まず音読するのが、うまくいくコツです。

節目ごとに表彰状をあげよう

一〇首覚えるごとに、賞状を渡します。それが面倒なら、惜しみない言葉で表彰してあげましょう。子どもに最高の達成感を抱かせるためには、「ほめる」ことが、もっとも重要なのです。そうすると嬉しくて「またがんばろう」と追い風になります。

四〇首覚えることは、百首達成までの〃もっとも大きな壁〃。それを越えれば百首までは弾《はず》みがつきますから、この時点も表彰する意義が大いにあります。

また七〇首は〃最終コーナー〃。七〇首までいけば、百首なんてすぐだということで、さらに追い風で動機づけるという意味で表彰しましょう。

百首覚えた子には、ほめて表彰すると同時に、継続を勧《すす》めるのが効果的です。

「百首覚えたことは素晴らしい。そしてこれからも続けられれば、さらに素晴らしい。本当の勉強はここから始まる」

というようなことを伝えたいものです。

暗唱の数もタイムも他の子と比較しない

家庭でやる場合、わが子とよその子の暗唱の数やタイムを比較するお母さんが出てきそうですが、これは絶対に禁物です。

大切なのは、あくまでも前よりどうなったかという本人の成長の記録です。よその子と比較すれば、子どもを叱《しか》ることになり、子どもの持つ伸びるべき才能も伸びなくなってしまいます。比べるのは以前の自分の状態とです。そして、少しでも上達していたらほめてあげてください。上達していなくても、ほめてあげてください。

子どもの成長は百人百様。常にその子のレベルを基準にして見つめるべきです。

百人一首の音読・暗唱でタイムをとるというと、百マス計算と同様に「非人間的だ」「追い立てている」と批判する向きがありますが、それはお門《かど》違い。

ひとつも覚えていない状態から始め、百首覚え、次に暗唱に何分かけて言えるようになるか。この訓練結果の記録は重要です。最初三〇分かかったものが、最終的には六分を切って言えるくらいになれば、それはそれで大きな進歩なのですから。

百人一首を通しての子どもの成長は、タイムを計って初めて確認できるのです。

親は常に「できたら、ほめる」

元来、百人一首は、小学生が覚えなければならない義務はひとつもないのです。慣れないうちは一首でも覚えるのは大変なことなのですから、覚えた歌が一〇首や二〇首に増えたなら「すごい、すごい」と、手放しにほめてあげましょう。

お母さんが「ほめる」ときには、以下のような言葉を使うと効果的です。

「もう覚えたの？　お母さんよりもすごいね」

「お母さんも頑張らなくちゃね」

「〜ちゃんに負けないように、私も頑張ろう」

「いやー、すごいね。これだけ覚えられるなんて頭いいね」

第三章

百人一首　まる覚え百首

さあ、実際に百人一首を覚えましょう。

次のページから第一首の上の句が始まります。ページをめくると下の句が出ています。上の句の右上にある番号が歌の番号です。初めのうちは何度も繰り返して、一首ずつ覚えていきましょう。目標が立てやすいように初めの一〇首は赤、次の一〇種は白、次は青という具合に、一〇首ずつ色分けしてあります。このページを使ったら、不思議と早く覚えられたとの読者の声が寄せられています。

まず、一〇首覚えられたら249ページの「百人一首暗唱認定表」に記録していきましょう。244ページから始まる「百人一首　一覧表」や、250ページから始まる上の句の五文字だけ並べた「百人一首暗唱練習表」、祥伝社ホームページ（http://www.shodensha.co.jp/）から無料ダウンロードできる「百人一首 音声サービス」なども上手に使ってどんどん覚えてください。

百首覚えられたら、次は暗唱のタイムを縮める練習をしてください。ここからが本当のスタートです。暗唱のタイムが七分を切ったら、もう一度このページを使って、今度は下の句を見て上の句が詠《よ》めるように練習します。ここでも、このページは力を発揮します。これで暗唱は完璧になるだけでなく、札取りゲームにも強くなれます。

①

秋《あき》の田《た》の
仮庵《かりお》の庵《いお》の
苫《とま》をあらみ

わが衣手《ころもで》は
露《つゆ》にぬれつつ
天《てん》智《じ》天《てん》皇《のう》

仮庵《かりお》の庵《いお》・・・秋の田の実《みの》りが、動物などに荒らされないように見張《みは》りをする小屋。
苫《とま》・・・小屋の屋根や壁《かべ》にした草のこと。網《あみ》の目が粗《あら》いので露《つゆ》が入ってくる。

【作者】626~671年　即位前は、中大兄皇子《なかのおおえのおうじ》。藤原鎌足《ふじわらのかまたり》らと蘇我氏《そがし》を倒し、大化改新《たいかのかいしん》を実現した。近江《おうみ》（滋賀《しが》県）に都を開いた。

秋の田の仮小屋《かりごや》で、私は夜を明かしています。草ぶきの屋根や壁《かべ》が隙間《すきま》だらけなので、私の袖《そで》は夜露《よつゆ》に濡《ぬ》れていきます。

②

春《はる》すぎて
夏来《なつき》にけらし
白妙《しろたえ》の

衣《ころも》ほすてふ《ちょう》
天《あま》の香具山《かぐやま》

持統天皇《じとうてんのう》

白妙《しろたえ》の・・・衣《ころも》にかかる枕詞《まくらことば》。
ほすてふ・・・「干《ほ》すという」のつまった形。

【作者】645~702年　天智天皇《てんじてんのう》の皇女《こうじょ》。天武天皇《てんむてんのう》の皇后《こうごう》。

いつの間にか春が過《す》ぎ去《さ》り、夏がきたようです。若葉《わかば》輝《かがや》く天《あま》の香具山《かぐやま》に、まっ白な衣《ころも》が干《ほ》してあるのがよく見えます。

③

あしびきの
山鳥《やまどり》の尾《お》の
しだり尾《お》の

ながながし夜《よ》を
ひとりかも寝《ね》む《ん》

柿本《かきのもとの》人《ひと》麻《ま》呂《ろ》

あしびきの・・・「山」にかかる枕詞《まくらことば》。
しだり尾《お》・・・長く垂《た》れ下がった尾。

【作者】七世紀後半～八世紀初頭の人。万葉《まんよう》時代最大の歌人。下級官人だったらしいが詳細は不明。

山鳥《やまどり》の長く垂《た》れ下がっている尾《お》のように、長い秋の夜を一人さびしく寝なければならないのでしょうか。

④

田子《たご》の浦《うら》に
うち出《い》でてみれば
白妙《しろたえ》の

富士《ふじ》の高嶺《たかね》に
雪《ゆき》は降《ふ》りつつ

山部赤人《やまべのあかひと》

田子《たご》の浦《うら》・・・静岡《しずおか》県の地名。
白妙の・・・ここでは「まっ白い」の意味。

【作者】八世紀半ばごろの人。「万葉集」第三期の代表的歌人。

田子《たご》の浦《うら》までやって来ると、まっ白な雪が降《ふ》り積《つ》もっている富士山《ふじさん》がそびえ立っています。

⑤

奥山《おくやま》に
紅葉《もみじ》踏《ふ》みわけ
鳴《な》く鹿《しか》の

声《こえ》きく時《とき》ぞ
秋《あき》は悲《かな》しき

猿《さる》丸《まる》大《だ》夫《ゆう》

鳴《な》く鹿《しか》・・・昔は、鹿の鳴き声を雄鹿《おじか》が恋《こい》の相手《あいて》を求めて鳴くと考えていた。

【作者】八世紀から九世紀ごろの人。伝説的歌人。

奥山《おくやま》で紅葉《もみじ》を踏《ふ》みしめて鳴《な》く雄鹿《おじか》の声を聞くと、秋の悲しみが心に染《し》み入《い》ってきます。

⑥

かささぎの
渡《わた》せる橋《はし》に
おく霜《しも》の

白《しろ》きをみれば
夜《よ》ぞふけにける
中納言家持《ちゅうなごんやかもち》

かささぎの渡せる橋・・・七夕《たなばた》の夜に、かささぎが天の川に翼を広げて橋を作り、織姫《おりひめ》を渡したという伝説を踏まえた表現。

【作者】718?〜785年　大伴家持《おおとものやかもち》。歌人だった大伴旅人《たびと》の長男。「万葉集」第四期の代表的歌人で、その編集にもかかわった。

冬の夜、庭に白い霜《しも》が光って見えます。夜空を見上げれば、かささぎが翼《つばさ》を広げて架《か》けた橋があるという天《あま》の川《がわ》が輝《かがや》いているのが見えます。その星のきらめきが霜のように光って見え、夜の深まりが感じられます。

⑦

天《あま》の原《はら》
ふりさけ見《み》れば
春日《かすが》なる

三笠《みかさ》の山《やま》に
出《い》でし月《つき》かも
安《あ》倍《べの》仲《なか》麿《まろ》

天の原・・・大空。【作者は遣唐使《けんとうし》で中国に渡ったが、日本に帰れず一生を終えた。故郷の日本を思って詠《よ》んだ歌】

【作者】698〜770年　遣唐留学生《けんとうりゅうがくせい》として中国に渡る。帰国できないまま中国で死去。詩人の李白《りはく》、王維《おうい》とも親交があった。

大空を仰《あお》いで見れば、美しい月が出ています。「ああ、これは故郷《こきょう》の日本で見た月、春日の三笠山《みかさやま》に昇《のぼ》っていたのと同じ月ですね」。

⑧

わが庵《いお》は
都《みやこ》のたつみ
しかぞすむ

世《よ》をうぢ山《じやま》と
人《ひと》はいふなり

喜《き》撰《せん》法《ほう》師《し》

都・・・京都。
たつみ・・・東南。
しか・・・「然《しか》【そのように】」と「鹿《しか》」の掛詞《かけことば》。
うぢ山・・・「う」は「憂《う》【憂《う》い】」と「宇《う》」治《じ》との掛詞。

【作者】九世紀後半の人。六歌仙《ろっかせん》の一人。宇治山《うじやま》の僧という以外、詳細は不明。

私の家は、都《みやこ》の東南《とうなん》で鹿《しか》も住む自然《しぜん》豊《ゆた》かな宇治山《うじやま》にあります。私はこのように心《こころ》静《しず》かに住んでいます。しかし、世間《せけん》の人は私が世《よ》の中《なか》を嫌《きら》って憂《う》じ山《やま》に住んでいると言っているようです。

⑨

花《はな》の色《いろ》は
うつりにけりな
いたづ《ず》らに

わが身《み》世《よ》にふる
ながめせしまに
小《お》野《の》小《こ》町《まち》

花の色・・・桜の花の美しさに自分をかさねている。　いたづらに・・・むなしく。　ふる・・・「経《ふ》る【時がすぎる】」と雨が「降《ふ》る」の掛詞。　ながめ・・・「眺《なが》め【ぼんやりもの思いにふける】」と「長《なが》雨《め》」の掛詞。

【作者】九世紀後半の人。六歌仙唯一《ろっかせんゆいいつ》の女流歌人。絶世《ぜっせい》の美人といわれ、各地に小町伝説を残す。しかし、詳細は不明。

美しい桜の花も、長雨《ながあめ》でずいぶん散《ち》って色あせてしまいました。同じように、私の若さも美しさも、ぼんやりしている間に、すっかり衰《おとろ》えてしまいました。

⑩

これやこの
行《ゆ》くも帰《かえ》るも
別《わか》れては

知《し》るも知《し》らぬも
逢《おう》坂《さか》の関《せき》

蟬《せみ》丸《まる》

これやこの・・・これこそが。
逢坂の関・・・京都府と滋《し》賀《が》県との境にある交通量が多かった関所。「逢ふ《おう》坂」と地名の「逢坂《おうさか》」が掛詞になっている。

【作者】九世紀後半の人らしい。盲目《もうもく》の琵琶《びわ》の名手《めいしゅ》であったとの伝説がある。

これこそが有名な逢坂《おうさか》の関所《せきしょ》です。行く人も帰る人もここで別れ、知っている人も知らない人もここで逢《あ》うのですね。

⑪

わたの原《はら》
八十島《やそしま》かけて
漕《こ》ぎ出《い》でぬと

人《ひと》には告《つ》げよ
海人《あま》の釣舟《つりぶね》

参議《さんぎ》　篁《たかむら》

わたの原・・・大海のこと。
八十島・・・たくさんの島。
かけて・・・目がけて。

【作者】802〜852年　小野篁《おののたかむら》。当時の第一級の学者。遣唐使《けんとうし》をめぐるトラブルで、嵯峨上《さがじょう》皇《こう》の怒りにふれて、隠岐《おき》に島流しに。

大海原《おおうなばら》に島々をめざして、私の乗る舟が漕《こ》ぎ出して行ったと、都のあの人に伝《つた》えてください、海人の釣舟よ。

⑫

天《あま》つ風《かぜ》
雲《くも》の通《かよ》ひ路《いじ》
吹《ふ》き閉《とじ》ぢよ

をとめの姿《すがた》しばしとどめむ《ん》

僧正遍昭《そうじょうへんじょう》

雲の通ひ路・・・天女が通るという雲の中の通路。
をとめ・・・少女。ここでは、舞《まい》を舞《ま》う少女のことで、天女に見立てている。

【作者】816〜890年　六歌仙の一人。俗名良岑宗貞《よしみねのむねさだ》。仁明《にんみょう》天皇の崩御《ほうぎょ》を機に出家《しゅっけ》、高僧《こうそう》として活躍。

空の風よ、雲の中の通路を吹《ふ》き閉《と》ざしてください。美しい天女《てんにょ》たちの舞《ま》う姿《すがた》をもうしばらく心にとどめておきたいから……。

⑬

筑《つく》波《ば》嶺《ね》の
峰《みね》より落《お》つる
男《み》女《なの》川《がわ》

恋《こい》ぞつもりて
淵《ふち》となりぬる

陽《よう》成《ぜい》院《いん》

男女川・・・筑波山に源を発して流れる渓流。
淵・・・水の深いところ。

【作者】868〜949年　清《せい》和《わ》天皇の皇子。病のため十七歳で退位。以後六十数年を上皇《じょうこう》として過ごす。

筑《つく》波《ば》山《さん》から流れ出るわずかな雫《しずく》が、だんだん水かさを増《ま》して男女川《みなのがわ》になるように、私の恋しい心も積《つ》もりに積もって深い川の淵《ふち》のようになりました。

⑭

陸奥《みちのく》の
しのぶもぢずり《じ》
誰《たれ》ゆゑ《え》に

乱《みだ》れそめにし
われならなくに

河《かわ》原《らの》左《さ》大《だい》臣《じん》

陸奥・・・東北地方のこと。
しのぶ・・・福島県の地名。【信夫郡《しのぶぐん》】
もぢずり・・・乱れ模様の布。信夫地方独特の織り方。【乱れ染めとも言う】

【作者】822〜895年　源融《みなもとのとおる》。嵯峨《さが》天皇の皇子。自邸河原院《かわらのいん》に奥州塩釜《おうしゅうしおがま》を模《も》した庭を造った。

陸奥《みちのく》の信夫郡《しのぶぐん》でつくられている乱れ模様《もよう》の布、信夫もぢずり。それと似《に》て、私の心も忍《しの》ぶ思いに乱《みだ》れ初《そ》まりました。これは、わたしのせいでなくあなたのせいです。

⑮

君《きみ》がため
春《はる》の野《の》に出《い》でて
若菜《わかな》つむ

わが衣手《ころもで》に
雪《ゆき》は降《ふ》りつつ
光孝天皇《こうこうてんのう》

若菜・・・食用のせり、なずななど。【当時は、冬の間、野菜が乏しかったので、春になると野に出て若菜を摘んでいた】

【作者】830〜887年　仁明《にんみょう》天皇の皇子。陽成《ようぜい》天皇の後をうけて即位。

あなたに差《さ》し上《あ》げようと、まだ雪の残る早春の野に出て若菜《わかな》を摘《つ》んでいます。その私の袖《そで》に淡雪《あわゆき》が降《ふ》りかかります。

⑯

たち別《わか》れ
いなばの山《やま》の
峰《みね》に生《お》ふる

まつとし聞《き》かば
いま帰《かえ》り来《こ》む

中納言行平《ちゅうなごんゆきひら》

いなば・・・鳥取《とっとり》県の地名の「因幡《いなば》」と「往《い》なば」【行《い》ったならば】の掛詞。
まつ・・・「待つ」と「松」の掛詞。
いま・・・すぐに。

【作者】818~893年　在原行平《ありわらのゆきひら》。平城《へいぜい》天皇の皇子（阿保《あぼ》親王）の子。在原業平《なりひら》の兄。

皆さんとお別れして遠《とお》い因幡《いなば》の国へ出発します。しかし、いなば山の峰《みね》に生《は》えている松《まつ》のように、あなたが私を「待っている」と聞いたなら、すぐにでも帰ってきましょう。

⑰

ちはやぶる
神代《かみよ》も聞《き》かず
竜田川《たつたがわ》

からくれなゐ《い》に
水《みず》くくるとは

在原《ありわらの》業平《なりひら》朝臣《あそん》

ちはやぶる・・・「神」にかかる枕詞。神代・・・まだ神々がこの地上にいた大昔。　竜田川・・・奈良県生駒郡の川。紅葉の名所だった。　からくれなゐ・・・韓《から》の国【朝鮮】から伝わった鮮やかな紅【赤】色の染料。

【作者】825~880年　平城《へいぜい》天皇の皇子（阿保《あぼ》親王）の子。在原行平《ゆきひら》の異母弟。容姿端麗《ようしたんれい》で「伊勢物語《いせものがたり》」の主人公にも擬《ぎ》せられる。

神々《かみがみ》の時代から聞いたことのないほどの美しさです。竜田川《たつたがわ》が紅葉《こうよう》で鮮《あざ》やかな紅色《くれないいろ》にくくり染《ぞ》めされているように見えるとは。

⑱

住《すみ》の江《え》の
岸《きし》に寄《よ》る波《なみ》
よるさへ《え》や

夢《ゆめ》の通《かよ》ひ《い》路《じ》
人《ひと》目《め》よくらむ《ん》

藤《ふじ》原《わらの》敏《とし》行《ゆき》朝《あ》臣《そん》

住の江・・・「住」は大阪市住吉。「江」は入り江のこと。
よる・・・「夜」と「寄る」の掛詞。
よく・・・避《さ》ける。

【作者】?〜907?年　妻は在原業平《ありわらのなりひら》の妻の妹。母方に紀貫之《きのつらゆき》らの縁戚がある。和歌のほかに書にもすぐれる。

住《すみ》の江《え》の岸に寄《よ》る波のように、あなたのそばに寄りたいと思っているのに、夜の夢の中でも、人目を避《さ》けて逢《あ》ってくださらないのでしょうか。

⑲

難波潟《なにわがた》
みじかき芦《あし》の
ふしの間《ま》も

逢《あ》はでこの世《よ》を
過《す》ぐしてよとや

伊《い》勢《せ》

難波潟・・・大阪湾の入り江。
芦・・・水辺に生える竹のように節のある草。

【作者】877～938年　伊勢守《いせのかみ》藤原継蔭《つぐかげ》の娘。宇多《うだ》天皇の中宮温子《ちゅうぐうおんし》に仕える。「古今集《こきんしゅう》」時代の代表的女流歌人。

難波潟《なにわがた》に生《お》い茂《しげ》る短《みじか》い芦《あし》の、その節《ふし》と節の間ほどのわずかな間も逢わないで、この世を過ごせと言われるのですか。

⑳

わびぬれば
今《いま》はた同《おな》じ
難波《なには》なる

みをつくしても
逢《あ》は《わ》む《ん》とぞ思《おも》ふ《う》

元《もと》良《よし》親《しん》王《のう》

わびぬれば・・・逢えずにこんなに苦しんでいるから。　はた・・・また。
みをつくし・・・「身を尽くし【自分を犠牲にし、身を滅ぼしても】」と「澪標《みおつくし》＝みおつくし【船の進路を示すため水中に打った杭】」の掛詞。

【作者】８９０～９４３年　陽成《ようぜい》天皇の第一皇子。風流を好み、恋多き皇子として名高い。

逢えなくなってこんなに苦しんでいるのですから、今はもうどうなってもかまいません。難波《なにわ》の海の澪標《みおつくし》のように、この身を滅《ほろ》ぼしてもあなたに逢いたいと思います。

㉑

今《いま》来《こ》むと
言《い》ひ《い》しばかりに
長《なが》月《つき》の

有明《ありあけ》の月《つき》を
待《ま》ち出《い》でつるかな

素《そ》性《せい》法《ほう》師《し》

今・・・まもなく、すぐ。
来む・・・訪ねていこう。
長月・・・陰暦《いんれき》九月。
有明の月・・・明け方に出る月。

【作者】九世紀後半～十世紀初頭の人。俗名良岑玄利《よしみねのはるとし》。僧正遍昭《そうじょうへんじょう》の子。屏風歌《びょうぶうた》・歌合で活躍した有力歌人。

今すぐ行くよと言われたから、九月の秋の長い夜をずっと待っていて、とうとう夜明けの月が出るころになってしまいました。

㉒

吹《ふ》くからに
秋《あき》の草《くさ》木《き》の
しをるれば

むべ山風《やまかぜ》を
嵐《あらし》といふ《う》らむ《ん》
文《ふん》屋《やの》康《やす》秀《ひで》

むべ・・・なるほど。

【作者】九世紀半ばの人。六歌仙の一人。文屋朝康《ふんやのあさやす》の父。在原業平《ありわらのなりひら》、素性法師《そせいほうし》らとともに、二条《にじょう》皇后高子《たかこ》に歌を献じたといわれている。

吹《ふ》き出すと秋の草木がしおれてしまうから、なるほど山風を山と風で「嵐」と書くのでしょう。

㉓

月《つき》みれば
ちぢにものこそ
悲《かな》しけれ

我《わ》が身《み》一《ひと》つの
秋《あき》にはあらねど

大江《おおえの》千里《ちさと》

ちぢに・・・いろいろに。
我が身一つ・・・自分一人だけ。

【作者】九世紀後半〜十世紀初頭の人。大江音人《おおえのおとんど》の子。在原行平・業平の甥《おい》。文章博士。家集に「句題和歌」がある。

秋の月を見ていると、いろんなことが物悲しく感じられることです。私一人のために来た秋ではないのに、まるで私のために来たように感じられます。

㉔

このたびは
ぬさもとりあへ《え》ず
手《た》向《むけ》山《やま》

紅葉《もみじ》の錦《にしき》
神《かみ》のまにまに

菅家《かんけ》

このたび・・・「今度」と「この旅」の掛詞。
ぬさ・・・幣《ぬさ》。旅の安全を願って神様に捧げる紙を細く切ったもの。
錦・・・五色の糸で織った最高級の織物。

【作者】845~903年　菅原道真《すがわらのみちざね》。当代屈指の漢詩人・歌人。文章博士。右大臣となるが、太宰府《だざいふ》に左遷《させん》される。

今度の旅《たび》は急《いそ》ぎの出発《しゅっぱつ》だったので、捧《ささ》げ物の幣《ぬさ》の用意がありません。手向山《たむけやま》の神様、美しい紅葉の錦《にしき》を、どうか幣の代《か》わりに御心《みこころ》のままにお受け取りください。

㉕

名《な》にしおは《わ》ば
逢《おう》坂《さか》山《やま》の
さねかづ《ず》ら

人《ひと》に知《し》られで
くるよしもがな
三《さん》条《じょうの》右《う》大《だい》臣《じん》

名にしおはば・・・名前の通りならば。 逢坂山・・・京都府と滋賀県の境にある山。「逢う」と掛けられている。 さねかづら・・・つるのあるもくれん科の木。「ね」に「寝」の意味が掛けられている。 くる・・・「来る」とつるを「繰る」の掛詞。

【作者】873〜932年 藤原定方《ふじわらのさだかた》。この呼び名は、京都三条に邸宅があったことによる。平安前期の廷臣で和歌や管弦《かんげん》にすぐれた。

名前の通り「逢坂山《おうさかやま》のさねかずら」が、逢《あ》って寝《ね》るということだから、つるをたぐり寄《よ》せるように、人に知られないであなたのもとへ来る方法《ほうほう》はないものでしょうか。

㉖

小倉山《おぐらやま》
峰《みね》のもみぢ葉《じば》
心《こころ》あらば

今《いま》ひとたびの
みゆき待《ま》たなむ《ん》

貞《てい》信《しん》公《こう》

小倉山・・・京都にある山。もみじの名所。
みゆき・・・行幸《みゆき》。天皇が出かけること。

【作者】880〜949年　藤原忠平《ふじわらのただひら》。平安中期の廷臣で歌人。関白《かんぱく》藤原基経《もとつね》の四男。藤原氏全盛の基を築いた。

小倉山《おぐらやま》の峰《みね》いっぱいの美しい紅葉《もみじ》よ、おまえに心があるならば、天皇のお出かけの日まで散《ち》らずに待っていておくれ。

㉗

みかの原《はら》

わきて流《なが》るる

泉川《いずみがわ》

いつ見《み》きとてか
恋《こい》しかるらむ《ん》

中《ちゅう》納《な》言《ごん》兼《かね》輔《すけ》

みかの原・・・京都府木津川《きづがわ》市《し》加茂《かも》町《ちょう》の古名《こめい》。
わきて・・・「分ける」意味と「湧く」意味が掛けられている。
泉川・・・木津川の上流。「いつ見き【いつ見たか】」に掛かっている。

【作者】877〜933年　藤原兼輔《ふじわらのかねすけ》。紫式部《むらさきしきぶ》の曾祖父。十世紀歌壇の中心的存在。
みかの原を二つに分けて、湧《わ》いて流《なが》れ出る泉川《いずみがわ》。その名のように、あなたをいつ見てこんなに恋しい思いが次々湧いてくるのでしょう。

㉘

山里《やまざと》は
冬《ふゆ》ぞさびしさ
まさりける

人目《ひとめ》も草《くさ》も
かれぬと思《おも》へば

源《みなもとの》宗于朝臣《むねゆきあそん》

かれぬ・・・かれてしまった。人目が「離《か》れる【人が訪ねてこないこと】」と草が「枯《か》れる」の両方の意味が掛けられている。

【作者】?〜939年　光孝《こうこう》天皇の孫。官位が進まず不遇《ふぐう》であったが、歌人としてすぐれていた。

山里《やまざと》は冬になると一段《いちだん》とさびしさが感じられるものです。人も来ないし草も枯《か》れるからです。

㉙

心《こころ》あてに
折《お》らばや折《お》らむ《ん》
初霜《はつしも》の

置《お》きまどは《わ》せる
白《しら》菊《ぎく》の花《はな》
凡《おおし》河《こう》内《ちの》躬《み》恒《つね》

心あてに・・・あてずっぽうに。
折らばや折らむ・・・折るなら折ろうか。
置きまどはせる・・・どこにあるのかわからない状態のこと。

【作者】九世紀後半～十世紀初頭の人。下級官人であり、歌人として活躍した。「古今集《こきんしゅう》」の撰者の一人。

折《お》るなら当《あ》て推量《ずいりょう》で、このあたりを折ってみよう。初霜《はつしも》であたり一面がまっ白になっていて、どこに咲《さ》いているのか見分けがつかなくなった白菊の花を……。

㉚

有明《ありあけ》の
つれなく見《み》えし
別《わか》れより

あかつきばかり
憂《う》きものはなし

壬生忠岑《みぶのただみね》

有明の・・・有明の月のこと。【明け方に出る月】
あかつき・・・夜の明け方。
憂きもの・・・つらく悲しい状態。

【作者】九世紀末～十世紀前半の人。壬生忠見《みぶのただみ》の父。「古今集」の撰者の一人。

あなたと別れたとき、有明《ありあけ》の月が出ていました。その日から、あかつきほどつらく悲《かな》しいものはないようになりました。

㉛

朝《あさ》ぼらけ
有明《ありあけ》の月《つき》と
みるまでに

吉野《よしの》の里《さと》に
ふれる白雪《しらゆき》
坂上《さかのうえの》是《これ》則《のり》

朝ぼらけ・・・朝がほのぼのと明けはじめるころ。
吉野・・・奈良《なら》県吉野郡。

【作者】九世紀末~十世紀前半の人。坂上《さかのうえの》田村麻呂《たむらまろ》の子孫と伝えられる。古今集時代の代表的歌人の一人。歌合に数多く参加。

ぼんやりと夜が明けてきた。有明《ありあけ》の月の明るさかと思ったけれど、それは吉野の里に降《ふ》り積《つ》もった白雪でした。

㉜

山川《やまがわ》に
風《かぜ》のかけたる
しがらみは

流《なが》れもあへ《え》ぬ
紅葉《もみじ》なりけり

春《はる》道《みちの》列《つら》樹《き》

しがらみ・・・「柵《しがらみ》」。水の流れをせき止めるためのしかけ。杭《くい》を打ち並べ、その間に木の枝や竹が編み込んである。
流れもあへぬ・・・流れることができない。

【作者】?〜920年 文章生《もんじょうのしょう》を経て官吏《かんり》となるが、詳細は不明。「古今集」に3首、「後撰《ごせん》集《しゅう》」に2首、歌を残すのみ。

山中の川に風がつくった柵《さく》があります。それは、流れることができなくてたまっている美しい紅葉です。

㉝

ひさかたの
光《ひかり》のどけき
春《はる》の日《ひ》に

静《しず》心《ごころ》なく
花《はな》の散《ち》るらむ《ん》
紀《きの》友《とも》則《のり》

ひさかたの・・・「ひかり」などにかかる枕詞。
のどけき・・・のどかな。
静心・・・静かな心、落ち着いた心。
花・・・桜の花。

【作者】？〜905？年　紀貫之《きのつらゆき》の従兄弟《いとこ》。「古今集」の撰者の一人だが、完成を見ずに死去。

太陽《たいよう》の光がのどかな穏《おだ》やかな春の日に、失恋《しつれん》で静心をなくした私の心の中にも、桜の花が散っています。

㉞

誰《たれ》をかも
知《し》る人《ひと》にせむ《ん》
高砂《たかさご》の

松《まつ》も昔《むかし》の
友《とも》ならなくに

藤《ふじ》原《わらの》興《おき》風《かぜ》

知る人・・・友人、知人。
高砂・・・地名。兵庫県高砂市。【長寿の松の名所】【作者は年老いて、親しい友人が皆亡くなっていた】

【作者】九世紀後半〜十世紀初頭の人。官位は低かったが、古今集時代の代表的歌人で「古今集」に多数の歌が入集している。

いったい誰《だれ》を友人にしようか。あの長《ちょう》寿《じゅ》の高《たか》砂《さご》の松《まつ》でさえ、昔《むかし》からの友ではないのだから……。

㉟

人《ひと》はいさ
心《こころ》も知《し》らず
ふるさとは

花《はな》ぞ昔《むかし》の
香《か》ににほ《お》ひ《い》ける

紀《きの》貫《つら》之《ゆき》

いさ・・・さあ、どうでしょうか。
ふるさと・・・ここでは昔なじみの土地。
花・・・ここでは梅の花。

【作者】868〜945年 「古今集」の中心的撰者で、「仮名序《かなじょ》」をも執筆。「土佐日記《とさにっき》」の作者。この時代の代表的歌人。

あなたの心はどうでしょうか。人の心の中はどうなっているかわかりませんが、昔《むかし》なじみのこの里の梅《うめ》の花は、昔のまま変わらず咲《さ》き匂《にお》っていますよ。

㊱

夏《なつ》の夜《よ》は
まだ宵《よい》ながら
明《あ》けぬるを

雲《くも》のいづ《ず》こに月《つき》やどるらむ《ん》

清原深養父《きよはらのふかやぶ》

いづこ・・・どこ。

【作者】九世紀末～十世紀前半。清原元輔《きよはらのもとすけ》の祖父、清少納言《せいしょうなごん》の曾祖父。すぐれた歌人で「勅撰《ちょくせん》集《しゅう》」に多数の歌が入集されている。

夏の夜は短《みじか》いのでまだ宵《よい》のうちかと思っていたのに、早くも白々と明けてしまいました。雲に隠《かく》れて見えなくなった月は、どのあたりに宿《やど》っているのでしょう。

㊲

白露《しらつゆ》に
風《かぜ》の吹《ふ》きしく
秋《あき》の野《の》は

つらぬきとめぬ
玉《たま》ぞ散《ち》りける

文屋朝康《ふんやのあさやす》

吹きしく・・・しきりに吹く。
つらぬきとめぬ玉・・・糸を通していないばらばらの宝石。【ここでは水晶か真珠】

【作者】九世紀後半〜十世紀初頭の人。文屋康秀《ふんやのやすひで》の子。経歴の詳細は不明。

草葉《くさば》の上の白露《しらつゆ》に、風が吹《ふ》きわたる秋の野は、糸で貫《つらぬ》きとめていない水晶《すいしょう》の玉がばらばらと散《ち》っているような美しさです。

㊳

忘《わす》らるる
身《み》をば思《おも》はず《わ》
誓《ちか》ひ《い》てし

人《ひと》の命《いのち》の
惜《お》しくもあるかな

右近《うこん》

忘らるる身・・・恋人に忘れ去られる自分。【女】
誓ひてし人・・・決して心変わりしないと神様に誓いを立てた恋人。【男】

【作者】十世紀前半の人。右近少将《うこんしょうしょう》藤原《ふじわらの》季縄《すえなわ》の娘。醍醐《だいご》天皇の皇后《こうごう》穏子《おんし》に仕えた女房で、村上《むらかみ》天皇の歌壇で活躍した。

忘《わす》れ去《さ》られる自分のことは何とも思いません。しかし、決して心変わりはしないと神に誓《ちか》ったあなたの命が、罰《ばち》が当たって奪《うば》われるのではないかと、それが惜《お》しまれてなりません。

㊴

浅茅生《あさじう》の
小野《おの》の篠原《しのはら》
しのぶれど

あまりてなどか
人《ひと》の恋《こい》しき

参《さん》議《ぎ》等《ひとし》

浅茅生の小野の篠原・・・ここまでが「しのぶ」を引き出す序詞《じょことば》。「浅茅《あさじ》」は背の低い雑草。「生《う》」は生えている様子。「小野」は小さい野原。「篠」は小さい竹。
あまりて・・・我慢しきれない。

【作者】880〜951年　源等《みなもとのひとし》。嵯峨《さが》天皇の曾孫にあたる。947年に参議となるが、歌人としての経歴は不明。

私はこれまで恋しい思いを忍《しの》びこらえてきました。しかし、野原《のはら》の浅茅《あさじ》や篠《しの》が風にざわざわ騒《さわ》ぐように、もう我慢《がまん》しきれません。どうしてこんなにあの人が恋しいのでしょうか。

㊵

しのぶれど
色《いろ》に出《い》でにけり
わが恋《こい》は

ものや思《おも》ふと
人《ひと》の問《と》ふまで

平《たいらの》兼《かね》盛《もり》

色・・・ここでは顔色。

【作者】?~990年　光孝《こうこう》天皇の曾孫の子。「後撰集《ごせんしゅう》」時代の代表的歌人。

心に隠《かく》してきたのに、私の恋する思いは顔色《かおいろ》に現《あら》われていたようです。何かもの思いをしているのかと人に問われるくらいですから。

㊶

恋《こい》すてふ《ちよう》
わが名《な》はまだき
立《た》ちにけり

人《ひと》知《し》れずこそ
思《おも》ひ《い》そめしか
壬生忠見《みぶのただみ》

恋すてふ・・・恋をしているという。「てふ」は「という」の意。
わが名・・・私の評判《ひょうばん》、うわさ。
まだき・・・早くも。

【作者】十世紀半ばの人。壬生忠岑《みぶのただみね》の子。官位は低かったが、歌の名手との評判から、村上朝の歌合に数多く召された。

わたしが恋をしているという噂《うわさ》が早くもたってしまいました。人知れずひそかにあの人を思いはじめたばかりなのに。

㊷

契《ちぎ》りきな
かたみに袖《そで》を
しぼりつつ

末《すえ》の松山《まつやま》
浪《なみ》こさじとは

清原元輔《きよはらのもとすけ》

かたみに・・・お互いに。
袖をしぼりつつ・・・涙を流しながら。
末の松山浪こさじとは・・・「末の松山」【地名】は、高波が来ても濡れない場所として知られていることから、和歌では「心変わりしない」という意味に使う。

【作者】９０８~９９０年　清少納言《せいしょうなごん》の父。清原深養父《きよはらのふかやぶ》の孫。「後撰集」の編纂《へんさん》にかかわる。屏《びょう》風《ぶ》歌や賀歌が多い。

約束《やくそく》しましたね。お互《たが》いに涙《なみだ》を流しながら。末の松山を決して波は越《こ》さないように、二人の間に心変《こころが》わりなどないと。

㊸

逢《あ》ひ《い》みての
後《のち》の心《こころ》に
くらぶれば

昔《むかし》はものを
思《おも》はざりけり
権《ごん》中《ちゅう》納《な》言《ごん》敦《あつ》忠《ただ》

ものを思ふ・・・ここでは、恋すること。

【作者】９０６〜９４３年　藤原敦忠《ふじわらのあつただ》。左大臣時平《ときひら》の三男。官位も順調、琵琶の名手、歌上手の貴公子だが、三十八歳で死去。

あなたに逢《あ》った後の切《せつ》ない心に比《くら》べたら、以前《いぜん》の心はもの思いのうちにも入りません。

㊹

逢《あ》ふ《う》ことの
絶《た》えてしなくは
なかなかに

人《ひと》をも身《み》をも
恨《うら》みざらまし

中納言朝忠《ちゅうなごんあさただ》

絶えてしなくは・・・全くないならば。
なかなかに・・・かえって。
人をも身をも・・・あなたをも自分をも。
恨みざらまし・・・恨まないでいられるのに。

【作者】910〜966年　藤原朝忠《ふじわらのあさただ》。三条右大臣定方《さんじょううだいじんさだかた》の五男。十世紀前半の歌壇で活躍。地位、名誉、風流を兼ね備えた貴公子。

あなたに逢《あ》うことが全《まった》くないなら、かえってそのほうが、あなたを恨《うら》んだり、自分を嘆《なげ》いたりはしないでしょうに。

㊺

あは《わ》れとも
いふ《う》べき人《ひと》は
思《おも》ほ《お》えで

身《み》のいたづ《ず》らに
なりぬべきかな

謙《けん》徳《とく》公《こう》

あはれともいふべき人・・・同情してくれる人。
身のいたづらに・・・私がむなしくなる。つまり、死んでしまうの意。
なりぬべきかな・・・なってしまいそうだ。

【作者】９２４～９７２年　藤原伊尹《ふじわらのこれただ》。後に摂政太政大臣《せっしょうだいじょうだいじん》となる。和歌所別当とし、「万葉集」の訓読と「後撰集」の編纂《へんさん》にあたった。

同情《どうじょう》してくれそうな人は思い浮《う》かびません。あなたに見捨てられて、私はむなしく死んでしまいそうです。

㊻

由良《ゆら》のとを
渡《わた》る舟人《ふなびと》
かぢ《じ》をたえ

行《ゆ》くへ《え》も知《し》らぬ
恋《こい》の道《みち》かな

曾《そ》禰《ねの》好《よし》忠《ただ》

由良のと・・・由良の戸と呼ばれる狭い海峡。【京都府の日本海側】
かぢをたえ・・・舵をなくして。

【作者】十世紀後半の人。歌の名手であったが、偏狭《へんきょう》な性格から疎外《そがい》されていた。しかし、新鮮な表現は和歌の世界で注目された。

由良《ゆら》の戸《と》を漕《こ》ぎ渡《わた》ろうとした舟人《ふなびと》が舵《かじ》をなくして漂《ただよ》うように、私の恋の行方《ゆくえ》もどうなっていくのでしょう。

㊼

八重《やえ》葎《むぐら》
しげれる宿《やど》の
さびしきに

人《ひと》こそ見《み》えね
秋《あき》は来《き》にけり

恵《え》慶《ぎょう》法《ほう》師《し》

八重葎・・・幾重にも茂っている雑草。
人こそ見えね・・・人は誰も訪ねて来ないが。

【作者】十世紀後半の人。播磨国《はりまのくに》（兵庫《ひょうご》県）の国分寺《こくぶんじ》の僧侶。当時の一流歌人（清原元輔、平兼盛ら）と交流があった。

幾重《いくえ》にも雑草《ざっそう》が茂《しげ》っているこの荒《あ》れ果《は》てた屋敷《やしき》は寂《さび》しさが感じられます。ここにはもう誰《だれ》も訪《たず》ねて来ないけれど、秋はひっそりとやってきました。

㊽

風《かぜ》をいたみ
岩《いわ》うつ波《なみ》の
おのれのみ

くだけてものを
思《おも》ふころかな

源《みなもとの》重《しげ》之《ゆき》

風をいたみ・・・風が強いので。
ものを思ふ・・・恋のもの思いをする。

【作者】?～1000年　清和《せいわ》天皇の曾孫。地方官を歴任し、最後は陸奥《むつ》で死去。

風が強いので岩打つ波が砕《くだ》け散《ち》っていますが、それは波ばかりで岩はびくとも動きません。それと同じように、あの人の心は動かず私の心だけが砕けて、恋の片《かた》思《おも》いに沈《しず》んでいるこのごろです。

㊾

みかきもり
衛士《えじ》のたく火《ひ》の
夜《よる》は燃《も》え

昼《ひる》は消《き》えつつ
ものをこそ思《おも》へ《え》
大中臣能宣朝臣《おおなかとみのよしのぶあそん》

みかきもり・・・御垣守《みかきもり》。京都の皇居を警護《けいご》する人。
衛士《えじ》・・・兵士。

【作者】921~991年　神職の家柄に生まれる。梨壺《なしつぼ》の五人の一人として、「後撰集」の編纂にかかわる。

御垣守《みかきもり》の兵士《へいし》が夜にたくかがり火のように、私の思いは夜には激《はげ》しく燃《も》え上がり、昼には消えて静《しず》かにもの思いをするだけです。

㊿

君《きみ》がため
惜《お》しからざりし
命《いのち》さへ《え》

長《なが》くもがなと
思《おも》ひ《い》けるかな

藤原義孝《ふじわらのよしたか》

長くもがな・・・長生きしたい。

【作者】954〜974年　謙徳公伊尹《けんとくこうこれただ》の三男。行成《ゆきなり》（名筆家で、三蹟《さんせき》の一人）の父。美男ですぐれた歌詠みだったが二十一歳で死去。

君に逢《あ》うためなら命も惜《お》しくはないと思っていましたが、君に逢えた今は、長生きしたいと思うようになりました。

51

かくとだに

えやはいぶきの

さしも草《ぐさ》

さしも知《し》らじな
燃《も》ゆる思《おも》ひ《い》を

藤《ふじ》原《わらの》実《さね》方《かた》朝《あ》臣《そん》

かくとだにえやはいぶきの・・・こうとさえ言えない、伊吹の。【いぶきは「伊吹」と「言ふ」の掛詞】 さしも草・・・お灸《きゅう》に使うもぐさ。伊吹山はその産地。【もぐさは火をつけるので、燃ゆる思ひ（＝火）につながっている】

【作者】?～998年　藤原定時《ふじわらのさだとき》の子。時の宮廷《きゅうてい》の花形で、清少納言《せいしょうなごん》との恋の噂も。行成《ゆきなり》に乱暴を働き陸奥守《むつのかみ》に左遷《させん》され任地《にんち》で死去。

こんなにも恋していることをあなたに言えようか、いや言えません。そんなことは、あなたは知らないでしょうね。伊吹山《いぶきやま》のさしも草が燃えるような私の燃える思いを。

⑫

明《あ》けぬれば
暮《く》るるものとは
知《し》りながら

なほ《お》うらめしき
朝《あさ》ぼらけかな

藤原道信朝臣《ふじわらのみちのぶあそん》

朝ぼらけ・・・夜明け。

【作者】972〜994年　謙徳公伊尹《けんとくこうこれただ》の孫。若くして出世し、和歌の才能にも恵まれるが、二十三歳の若さで死去。

夜が明けると、やがて日は暮れ、また再び逢《あ》えるのはわかっています。しかし、やはり別れなければならない夜明けは恨《うら》めしいものです。

53

嘆《なげ》きつつ
ひとり寝《ぬ》る夜《よ》の
明《あ》くる間《ま》は

いかに久《ひさ》しき
ものとかは知《し》る

右《う》大《だい》将《しょう》道《みち》綱《つなの》母《はは》

いかに久しきものとかは知る・・・どんなに長いものか知っていますか、いや、知らないでしょう。

【作者】937?~995年　陸奥守藤原倫寧《むつのかみふじわらのともやす》の娘。藤原兼家《かねいえ》と結婚して道綱《みちつな》をもうける。不遇な結婚生活を回想した「蜻蛉日記《かげろうにっき》」が有名。

あなたが来ないことを嘆《なげ》きながらひとりで寝る夜の、明けるまでがどんなに長いものかあなたは知っているでしょうか、きっと知らないでしょうね。

㊿④

忘《わす》れじの
行《ゆ》く末《すえ》までは
かたければ

けふ《きょう》を限《かぎ》りの
命《いのち》ともがな
儀同三司母《ぎどうさんしのはは》

忘れじ・・・いつまでも忘れることはない。
行く末まではかたければ・・・遠い将来までは頼みにできないから。

【作者】?〜996年　高階貴子《たかしなのきし》。藤原道隆《みちたか》の妻で、儀同三司（伊周《これちか》）らの子をもうけるが、不遇の晩年を過ごす。

いつまでも忘《わす》れないというあなたの言葉は、遠《とお》い将来《しょうらい》までは頼《たの》みにできないから、幸《しあわ》せな今日《きょう》のうちに命を終わりにしたいです。

⑤⑤

滝《たき》の音《おと》は
絶《た》えて久《ひさ》しく
なりぬれど

名《な》こそ流《なが》れて
なほ《お》聞《き》こえけれ

大納言公任《だいなごんきんとう》

名・・・名声、評判。
なほ聞こえけれ・・・今も評判は伝わっている。

【作者】966～1041年　藤原公任《ふじわらのきんとう》。紀貫之、藤原定家などと並ぶ平安中期の代表的歌人。「拾遺抄《しゅういしょう》」「和漢朗詠集《わかんろうえいしゅう》」などの編者。

滝《たき》の音が止まってから長い時間が経《た》ってしまったけれど、その名声《めいせい》だけは広く流れ伝《つた》わり、今でもなお聞こえています。

56

あらざらむ《ん》
この世《よ》のほかの
思《おも》ひ《い》出《で》に

いまひとたびの
逢《あ》ふこともがな

和泉式部《いずみしきぶ》

あらざらむこの世のほか・・・ないかもしれないこの世の外。つまり、「あの世」。【この作者は重い病気だった】

【作者】978?～?年　大江雅致《おおえのまさむね》の娘。一条《いちじょう》天皇の中宮彰子《ちゅうぐうしょうし》に仕え、恋多き波瀾《はらん》の生涯《しょうがい》を送る。「和泉式部日記《いずみしきぶにっき》」の作者とされる。

あの世へのせめてもの思い出に、もう一度だけ愛《いと》しいあなたにお逢いしたいものです。

㊼

めぐりあひ《い》て
見《み》しやそれとも
わかぬ間《ま》に

雲《くも》がくれにし夜半《よわ》の月《つき》かな

紫《むらさき》式《しき》部《ぶ》

見しやそれともわかぬ間に・・・見たのがそれかどうかわからない間に。

【作者】973?〜1019?年「源氏物語《げんじものがたり》」の作者。大弐三位《だいにのさんみ》の母。一条天皇の中宮彰子に仕える。

久しぶりにめぐり逢った友達《ともだち》なのに、あわただしく別れてしまいました。月かどうかわからない間に雲に隠《かく》れた夜半《やはん》の月のように。

⑤⑧

有馬山《ありまやま》
猪名《いな》の笹原《ささはら》
風《かぜ》吹《ふ》けば

いでそよ人《ひと》を
忘《わす》れやはする
大《だい》弐《にの》三《さん》位《み》

有馬山猪名の笹原風吹けば・・・「有馬山」「猪名」はともに兵庫県の地名。
いでそよ・・・さあ、それですよ。「そよ」で、それが問題ですよ、の意味。
人を忘れやはする・・・あなたを忘れたりはしません。

【作者】999～?年　紫式部《むらさきしきぶ》の娘。藤原賢子《ふじわらのけんし》。一条天皇の中宮彰子に仕える。藤原兼隆《かねたか》と結婚し、後冷泉《ごれいぜい》天皇の乳母《めのと》となる。

有《あり》馬《ま》山《やま》猪《い》名《な》の笹《ささ》原《はら》に風が吹けばそよそよと笹の葉が揺《ゆ》れます。あなたのことを耳にして笹の葉音に心が乱されます。私の気持ちが揺れないか不安だと言いながら、忘れていったのはあなたです。私はあなたを決して忘れたりはしません。

⑲

やすらはで《わ》
寝《ね》なましものを
さ夜《よ》ふけて

かたぶくまでの月《つき》を見《み》しかな

赤《あか》染《ぞめ》衛《え》門《もん》

やすらはで・・・ためらわずに。
寝なましものを・・・寝てしまったでしょう。
かたぶくまでの月・・・朝、西の山に沈もうとするまでの月。

【作者】958?～?年　大江匡衡《おおえのまさひら》の妻。道長の妻倫子、その子中宮彰子に仕える。和泉式部、紫式部、清少納言らと親交があった。

ためらわずに、さっさと寝てしまえばよかった……。あなたをまっているうちに夜は更《ふ》け、ついには月が沈《しず》みかかるまで見届《みとど》けてしまいました。

⑥⓪

大江山《おおえやま》
いく野《の》の道《みち》の
遠《とお》ければ

まだふみもみず
天《あま》の橋《はし》立《だて》
小《こ》式《しき》部《ぶの》内《ない》侍《し》

大江山いく野・・・大江山も生野も地名。丹後の国へ行く途中にある。
まだふみもみず・・・「文」と「踏み」の掛詞。
天の橋立・・・京都府北部の地名。丹後の国にある。日本三景の一つ。

【作者】1000?~1025年　母は和泉式部。中宮彰子に仕える。美貌《びぼう》と才能に恵まれるが、若くして死去。

大江山《おおえやま》を越《こ》え、生野《いくの》を通《とお》って行く道のりは遠《とお》いので、ましてや丹後《たんご》の天の橋立にも、私はまだ足を踏《ふ》み入れたことはありません。また、母からの文ももちろん見ていません。

⑥①

いにしへ《え》の
奈良《なら》の都《みやこ》の
八重桜《やえざくら》

けふ《きょう》九重《ここのえ》に
にほ《お》ひ《い》ぬるかな

伊勢《いせの》大輔《たいふ》

九重・・・宮中のこと。【奈良の桜が、京都の宮中に献上されてきた。その花をたたえた作】

【作者】十一世紀前半の人。伊勢の祭主大中臣輔親《おおなかとみのすけちか》の娘。能宣《よしのぶ》の孫。中宮彰子に仕える。

その昔、奈良《なら》の都《みやこ》に美しく咲《さ》き匂《にお》っていた八重桜《やえざくら》が、今日、一重《ひとえ》を増《ま》したように九重《ここのえ》（宮中《きゅうちゅう》）で咲《さ》き誇《ほこ》っています。

⑹

夜《よ》をこめて
鳥《とり》のそらねは
はかるとも

よに逢坂《おうさか》の
関《せき》はゆるさじ
清少納言《せいしょうなごん》

鳥のそらねははかるとも・・・鶏《にわとり》の鳴きまねをしてだまそうとしても。【中国の史記にある鶏の鳴きまねで函谷関《かんこくかん》を開けさせたエピソードを踏まえている】

【作者】966?～1027?年　清原元輔《きよはらのもとすけ》の娘。一条天皇の中宮定子《ていし》に仕える。「枕草子《まくらのそうし》」の作者。和漢の才能を存分に発揮した。

夜が明けないのに、鶏《にわとり》の鳴《な》きまねをしてだまそうとしても、この逢坂の関は通しません。そのように、うまいことを言っても私は逢《あ》いません。

㊸

今《いま》はただ
思《おも》ひ絶《いた》えなむ《ん》
とばかりを

人《ひと》づてならで
言《い》ふ《う》よしもがな
左京大夫道雅《さきょうのだいぶみちまさ》

思ひ絶えなむ・・・あきらめよう。
人づてならで・・・人づてでなく、直接に。
言ふよしもがな・・・言う方法がほしい。

【作者】993~1054年　藤原道雅《ふじわらのみちまさ》。藤原伊周《これちか》の子。関白道隆《みちたか》の孫。道長との権力争いに敗れた。

今はただ、あなたのことはあきらめますと、それを人づてでなくあなたに直《ちょく》接逢《せつあ》って言いたいものです。

⑥④

朝《あさ》ぼらけ
宇治《うじ》の川霧《かわぎり》
たえだえに

あらは《わ》れわたる
瀬々《せぜ》の網代木《あじろぎ》

権《ごん》中《ちゅう》納《な》言《ごん》定《さだ》頼《より》

朝ぼらけ・・・夜明け。
瀬々・・・「瀬」は川の浅いところ。
網代木・・・魚をとるために竹や木の枝を杭に編み込んだ仕掛け。

【作者】995～1045年　藤原定頼《ふじわらのさだより》。藤原公任《きんとう》の長男。書にもすぐれる。小式部内侍《こしきぶのないし》をからかって、やり返された男（60番）。

夜が明けてくると、宇治川《うじがわ》の霧《きり》がとぎれとぎれに晴れてきて、川瀬《かわせ》の網代木が現《あら》われはじめました。

⑥⑤

恨《うら》みわび
ほさぬ袖《そで》だに
あるものを

恋《こい》にくちなむ《ん》
名《な》こそ惜《お》しけれ

相模《さがみ》

ほさぬ袖・・・涙に濡れて、乾くひまのない袖。
恋にくちなむ・・・恋のために朽ちて【だめになって】しまうだろう。
名・・・評判、名声。

【作者】十一世紀半ばの人。相模守大江公資《さがみのかみおおえのきんすけ》の妻。修子《しゅうし》内親王家に出仕。様々な歌合に参加する。当代の代表的女流歌人。

あなたを恨《うら》んで泣《な》いて、袖《そで》は乾《かわ》く間《ま》もないほど涙《なみだ》で濡《ぬ》れています。その上、この恋のために私の評判《ひょうばん》がだめになることは、ほんとうに惜《お》しいことです。

⑥⑥

もろともに
あはれと思《おも》へ《え》
山桜《やまざくら》

花《はな》よりほかに
知《し》る人《ひと》もなし

前《さきの》大《だい》僧《そう》正《じょう》行《ぎょう》尊《そん》

もろともに・・・いっしょに。おたがいに。【山中で修行する僧の歌】

【作者】1055～1135年　三条《さんじょう》天皇の曾孫参議　源《みなもとの》基平《もとひら》の子。十二歳で出家、後に山伏修験に励む。天台《てんだい》座《ざ》主《す》大僧正《だいそうじょう》となる。

いっしょに感動《かんどう》しておくれ、山桜よ。この山奥には桜の花以外に私の心を知るものはないのだから。

㊼

春《はる》の夜《よ》の
夢《ゆめ》ばかりなる
手枕《たまくら》に

かひ《い》なく立《た》たむ《ん》
名《な》こそ惜《お》しけれ
周防内侍《すおうのないし》

かひなく立たむ名・・・何のかいもなく立つ評判。無駄《むだ》な噂になる。【「これを枕に」と腕を出した男に対して、「腕」を詠みこんで、断わった歌】

【作者】十一世紀後半の人。周防守平棟仲《すおうのかみたいらのむねなか》の娘。後冷泉《ごれいぜい》天皇以下四代の宮廷に仕えた。当時の多くの歌合に参加した。

春の夜の夢のように、あなたの戯《たわむ》れの手枕《たまくら》を借りてしまったら、つまらない噂《うわさ》が立つことでしょう。それが惜しいからご厚意《こうい》はお断《こと》わりします。

⑱

心《こころ》にも
あらでうき世《よ》に
ながらへ《え》ば

恋《こい》しかるべき
夜《よ》半《わ》の月《つき》かな

三《さん》条《じょう》院《いん》

心にもあらで・・・心ならずも。
うき世・・・つらいこの世。
ながらへば・・・生きながらえていたら。

【作者】976～1017年　冷泉《れいぜい》天皇の皇子で第六十七代天皇。藤原道長《みちなが》の画策で、在位五年で譲位させられた。その翌年、失意のうちに崩御した。

心ならずもつらいこの世を生きながらえていたならば、どんなにか恋しく思い出されることでしょう。この美しい今夜の月が……。

⑲

嵐《あらし》吹《ふ》く
三《み》室《むろ》の山《やま》の
もみぢ葉《じば》は

竜田《たつた》の川《かわ》の
錦《にしき》なりけり
能因法師《のういんほうし》

三室の山・・・奈良県の竜田山。紅葉の名所。
錦・・・五色の糸で織《お》った豪華《ごうか》な織物《おりもの》。

【作者】988〜?年　俗名　橘永愷《たちばなのながやす》。文章生だったが、出家し諸国を旅する。旅の題材の歌が多く、歌枕への関心が高かった。

三室山《みむろやま》のもみじ葉は、散《ち》って流されて竜田川《たつたがわ》に浮《う》かぶ紅葉《もみじ》の錦《にしき》となるのですね。

⑦⓪

さびしさに
宿《やど》を立《た》ち出《い》でて
ながむれば

いづ《ず》こも同《おな》じ
秋《あき》の夕暮《ゆうぐれ》

良暹法師《りようぜんほうし》

宿・・・夜を越すところ。平安時代では自分の家も宿となる。

【作者】十一世紀前半に活躍。家系・経歴は不明だが、延暦寺《えんりやくじ》の僧で、祇園別当《ぎおんべっとう》となった後、大原に隠棲《いんせい》、晩年は雲林院《うりんいん》に住んだ。

さびしさに堪《た》えかねて、庵《いおり》の外に出てあたりを眺《なが》めてみましたが、いずこも同じさびしい秋の夕暮《ゆうぐ》れが広がっています。

⑦①

夕《ゆう》されば
門田《かどた》の稲葉《いなば》
おとづ《ず》れて

芦《あし》のまろやに
秋《あき》風《かぜ》ぞ吹《ふ》く

大《だい》納《な》言《ごん》経《つね》信《のぶ》

夕されば・・・夕方になると。
門田・・・農家の家の門の前にある田。
芦のまろや・・・芦で屋根がつくられている粗末な家。

【作者】1016〜1097年　源経信《みなもとのつねのぶ》。和歌・詩文・管弦にすぐれ、有職故実《ゆうそくこじつ》（朝廷の法令・儀式・行事・作法など）に詳しかった。

夕方になると、秋風は、門前《もんぜん》の田の豊かに実った稲葉《いなば》を揺《ゆ》らして、この芦葺《あしぶ》きの粗末《そまつ》な家にも吹き抜けていきます。

⑫

音《おと》にきく
高師《たかし》の浜《はま》の
あだ波《なみ》は

かけじや袖《そで》の
ぬれもこそすれ
祐《ゆう》子《し》内《ない》親《しん》王《のう》家《けの》紀《き》伊《い》

音にきく・・・有名な。
高師の浜・・・大阪府堺《さかい》市の海岸。
かけじや・・・かけまい。袖に波をかけまいの意味と、あなたのことを心にかけまいの意味の掛詞。

【作者】十一世紀後半の人。後朱雀《ごすざく》天皇の第一皇女祐子《ゆうし》内親王に仕えた。多くの歌合に参加。

有名な高師《たかし》の浜のむやみに立ち騒《さわ》ぐ波のように、噂《うわさ》に高いあなたの浮気《うわき》な心の波が、この身にかからないようにしなくては。その波をかぶったら、涙で袖《そで》を濡《ぬ》らすことになりかねませんから。

⑦③

高砂《たかさご》の
尾《お》の上《え》の桜《さくら》
咲《さ》きにけり

外山《とやま》の霞《かすみ》
立《た》たずもあらなむ《ん》

権《ごん》中《ちゅう》納《な》言《ごん》匡《まさ》房《ふさ》

高砂・・・高い山。【ここでは、松で有名な兵庫県の浜ではない】　尾の上・・・峰、尾根。　外山・・・近くの山。　立たずもあらなむ・・・（霞が）立たないでほしい。

【作者】１０４１～１１１１年　大江匡房《おおえのまさふさ》。漢学者大江成衡《なりひら》の子。学問の家大江家を継ぐ当代の代表的詩文家。

遠くの高い山の尾根《おね》の桜が満開《まんかい》になりました。せっかくの桜が見えなくならないように、手前《てまえ》の山の霞《かすみ》が立たないでほしいものです。

⑺

うかりける
人《ひと》を初瀬《はつせ》の
山《やま》おろしよ

はげしかれとは
祈《いの》らぬものを

源《みなもとの》俊《とし》頼《より》朝《あ》臣《そん》

うかりける人・・・私につらい思いをさせた人。
初瀬・・・奈良県の初瀬で、長谷寺の観音様をさす。
山おろし・・・山から吹き下ろす風。

【作者】１０５５～１１２９年　大納言《だいなごん》経信《つねのぶ》の三男。官位は低いが当代一の歌人。清新な歌風は後世にも影響を与えた。「金葉集《きんようしゅう》」の撰者。

私につらい思いをさせた人がやさしくなるよう初瀬《はつせ》の観音様《かんのんさま》にお祈《いの》りしたのに、前よりもっと冷《つめ》たくなってしまいました。それは、まるで山おろしのようです。はげしい風を吹き下ろせとは祈らなかったはずなのに。

⑮

契《ちぎ》りおきし
させもが露《つゆ》を
命《いのち》にて

あは《わ》れ今《こ》年《とし》の
秋《あき》もいぬめり

藤《ふじ》原《わらの》基《もと》俊《とし》

契《ちぎ》りおきし・・・約束していた。
させも・・・蓬《よもぎ》。
いぬめり・・・行ってしまうようだ。

【作者】1060〜1142年　父は右大臣藤原俊家《としいえ》。官位に恵まれず、後に出家した。「新《しん》撰《せん》朗《ろう》詠《えい》集《しゅう》」の撰者。歌風は保守的である。

約束してくださったことを、蓬葉《よもぎば》の露《つゆ》のように、はかない命の綱《つな》として頼《たよ》ってきたのに、ああ、今年の秋もむなしく過ぎ去ってしまうようです。

⑯

わたの原《はら》
漕《こ》ぎ出《い》でて見《み》れば
ひさかたの

雲居《くもい》にまがふ《う》
沖《おき》つ白波《しらなみ》
法性寺入道前関白太政大臣《ほっしょうじにゅうどうさきのかんぱくだいじょうだいじん》

わたの原・・・大海。
ひさかたの・・・雲居にかかる枕詞。
雲居・・・雲。

【作者】1097〜1164年　藤原忠通《ふじわらのただみち》。摂政関白藤原忠実《ただざね》の子。摂政関白になるが晩年出家。父忠実、弟頼長《よりなが》との不和が保元《ほうげん》の乱《らん》の一因になる。

広大な海に舟を漕《こ》ぎ出して眺《なが》めてみると、雲と見間違うような沖の白波です。

⑰

瀬《せ》をはやみ
岩《いわ》にせかるる
滝川《たきがわ》の

われても末《すゑ》に
逢《あ》は《わ》む《ん》とぞ思《おも》ふ《う》
崇徳院《すとくいん》

瀬・・・水の流れる急なところ。
はやみ・・・はやいので。
岩にせかるる・・・岩にせきとめられる。
われても・・・二つに分かれても。

【作者】１１１９〜１１６４年　第七十五代天皇。父鳥羽院《とばいん》との確執で保元《ほうげん》の乱《らん》が起き讃岐《さぬき》（香川県）に流され、失意のうちに崩御。

川瀬《かわせ》の流れがはやいので、滝川が岩にせきとめられて二つに分かれても、また一つの流れになるように、いつかは必ずあなたに逢おうと思います。

⑱

淡路島《あわじしま》
かよふ千鳥《ちどり》の
鳴《な》く声《こえ》に

いく夜《よ》寝《ね》覚《ざ》めぬ
須《す》磨《ま》の関《せき》守《もり》

源《みなもとの》兼《かね》昌《まさ》

かよふ千鳥・・・須磨と淡路島の間を渡る千鳥。
いく夜寝覚めぬ・・・幾夜目を覚ましたことだろう。
関守・・・関所の番人。

【作者】十二世紀初頭の人。源俊輔《としすけ》の子。目立った活躍はない。経歴の詳細は不明。

淡《あわ》路《じ》島《しま》から渡ってくる千《ち》鳥《どり》の鳴く声に、須磨の関守は幾《いく》夜《よ》目を覚ましたことでしょう。

⑲

秋風《あきかぜ》に
たなびく雲《くも》の
絶《た》え間《ま》より

もれ出《い》づ《ず》る月《つき》の
影《かげ》のさやけさ
左《さ》京《きようの》大《だい》夫《ぶ》顕《あき》輔《すけ》

月の影・・・月の光。
さやけさ・・・澄んでいる、清らか、明るい様子。

【作者】1090〜1155年　藤原顕輔《ふじわらのあきすけ》。歌道の家柄六条藤家の始祖、顕季《あきすえ》の三男。「詞花集《しかしゅう》」の撰者。

秋風にたなびいている雲の切れ間から、もれ射してくる月の光の、なんと清らかで明るく澄《す》んでいることでしょう。

⑧⓪

長《なが》からむ《ん》
心《こころ》も知《し》らず
黒《くろ》髪《かみ》の

乱《みだ》れて今朝《けさ》はものをこそ思《おも》へ

待賢門院堀河《たいけんもんいんのほりかわ》

【作者】十二世紀前半の人。待賢門院《たいけんもんいん》に仕える。院政期歌壇《かだん》の代表的な女流歌人。

あなたの心が長く変わらないかどうかわからないまま、別れた今朝は、乱れた黒髪《くろかみ》のように心も乱れ、もの思いに沈《しず》んでいます。

長からむ心・・・長く変わらない心。
乱れて・・・黒髪と心が乱れる、両方の意味。

⑧1

ほととぎす
鳴《な》きつるかたを
ながむれば

ただ有明《ありあけ》の
月《つき》ぞ残《のこ》れる

後徳大寺左大臣《ごとくだいじのさだいじん》

鳴きつるかた・・・鳴いた方角。
有明の月・・・夜が明けても空に残っている月。

【作者】１１３９〜１１９１年　藤原実定《ふじわらのさねさだ》。左大臣藤原公能《きんよし》の子。定家《さだいえ》の従兄弟。左大臣にまで出世するも病により出家する。

ほととぎすが鳴《な》いた方角《ほうがく》を眺《なが》めても姿《すがた》が見えず、ただ夜明けの空に月が出ているだけでした。

㊷

思《おも》ひわび
さても命《いのち》は
あるものを

憂《う》きにたへ《え》ぬは
涙《なみだ》なりけり

道《どう》因《いん》法《ほう》師《し》

思ひわび・・・（恋に）思い悩み。
さても・・・それでも。
憂きにたへぬは・・・つらさにたえきれないのは。

【作者】 1090〜1182?年　俗名藤原敦頼《ふじわらのあつより》。大変な長寿で晩年も歌合で活躍していたらしい。

恋に思い悩《なや》んでいても、それでも命は長らえています。しかし、つらさにたえきれず流れ落ちるのは涙です。

⑧③

世《よ》の中《なか》よ
道《みち》こそなけれ
思《おも》ひ入《い》る

山《やま》の奥《おく》にも
鹿《しか》ぞ鳴《な》くなる
皇《こう》太《たい》后《ごう》宮《ぐうの》大《だい》夫《ぶ》俊《とし》成《なり》

道こそなけれ・・・（いやなことから逃れて生きる）道はない。

【作者】１１１４～１２０４年　藤原俊成《ふじわらのとしなり》。百人一首撰者の定家《さだいえ》の父。幽玄・余情を唱え、多くの歌合の判者を務めた。

世の中には、いやなことから逃れて生きる道などないのですね。深く思い詰めて入ったこの山奥にも、孤独《こどく》な鹿が悲《かな》しく鳴いています。

⑧④

ながらへ《え》ば
またこのごろや
しのばれむ《ん》

憂《う》しとみし世《よ》ぞ今《いま》は恋《こい》しき

藤《ふじ》原《わらの》清《きよ》輔《すけ》朝《あ》臣《そん》

ながらへばまたこのごろやしのばれむ・・・生きながらえたならば、現在がなつかしく思われることだろう。
憂しとみし世ぞ・・・つらかった昔が。

【作者】1104〜1177年　当代歌壇の第一人者。藤原顕輔《あきすけ》の子。父親とは不仲だった。歌学書に「袋草子《ふくろぞうし》」など。

生きながらえたならば、そのときには今のことがなつかしく思われることでしょう。つらかった昔でも今は恋しく思い出されるのですから……。

㊈

夜《よ》もすがら
もの思《おも》ふ《う》ころは
明《あ》けやらで

閨《ねや》のひまさへ《え》
つれなかりけり

俊恵法師《しゅんえほうし》

夜もすがら・・・夜どおし。
閨のひま・・・寝所の隙間。【そこから見える夜の闇が早く明るくならないかと思っている】

【作者】1113〜1191?年　源俊頼《としより》の子。東大寺の僧で、鴨長明《かものちょうめい》の和歌の師。自宅の歌林《かりん》苑《えん》で歌会を毎月開催した。

一晩中、来ない人を待ってもの思いに沈《しず》む夜は、いつになっても夜が明けません。夜の闇《やみ》が見える寝所《ねどころ》の隙間《すきま》さえ、思いやりがなく冷たく見えます。

⑯

嘆《なげ》けとて
月《つき》やはものを
思《おも》はする

かこち顔《がお》なる
わが涙《なみだ》かかな

西《さい》行《ぎょう》法《ほう》師《し》

月やはものを思はする・・・月はもの思いをさせるのだろうか、いやそうではない。
かこち顔・・・嘆いている顔つき。恨みがましいようす。

【作者】1118〜1190年　俗名佐藤義清《さとうのりきよ》。武士だったが、二十三歳で出家、諸国を旅して巡り歩く。天性の歌人と評される。

嘆けといって、月が私にもの思いをさせるのでしょうか、いやそうではありません。しかし、なぜか月を眺《なが》めていると、嘆き顔になって涙がこぼれてきます。

⑧⑦

村雨《むらさめ》の
露《つゆ》もまだひぬ
真木《まき》の葉《は》に

霧《きり》立《た》ちのぼる
秋《あき》の夕《ゆう》暮《ぐれ》

寂《じゃく》蓮《れん》法《ほう》師《し》

村雨・・・にわか雨。通り雨。
まだひぬ・・・まだ乾かない。
真木・・・杉《すぎ》や檜《ひのき》。

【作者】1139?~1202年　俗名藤原定長《ふじわらのさだなが》。藤原俊成《としなり》の兄にあたる俊海《としうみ》の子。「新古今集《しんこきんしゅう》」の撰者の一人であるが完成前に死去。

少し前に降《ふ》った村雨《むらさめ》の露《つゆ》も乾《かわ》かない真木《まき》の葉を包《つつ》むように、霧が立ち上ってくる秋の夕暮れどきです。

⑧⑧

難《なに》波《わ》江《え》の
芦《あし》のかりねの
ひとよゆゑ《え》

みをつくしてや
恋《こ》ひ《い》わたるべき

皇《こう》嘉《か》門《もん》院《いんの》別《べつ》当《とう》

難波江・・・大阪湾の入り江。　かりね・・・芦の「刈り根」と、「仮寝」の掛詞。　ひとよ・・・芦の「一節」と、「一夜」の掛詞。　みをつくして・・・一生かけて。船の進路を示す標識「澪《みお》標《つくし》」の意味も掛ける。

【作者】十二世紀の人。源《みなもとの》俊隆《としたか》の娘。崇徳《すとく》天皇の皇后聖子《せいし》（皇嘉門院《こうかもんいん》）に仕え、女官長にあたる別当を務めた。

難波《なにわ》の入《い》り江《え》に生《は》えている、芦《あし》の刈《か》り根の一節のように、一夜の恋のために、あの澪標《みおつくし》のように身をつくして、一生恋《こ》い続けることになるのでしょうか。

⑻9

玉《たま》の緒《お》よ
絶《た》えなば絶《た》えね
ながらへ《え》ば

忍《しの》ぶることの
よわりもぞする
式《しょく》子《し》内《ない》親《しん》王《のう》

玉の緒・・・「玉をつなぐ糸」ですが、ここでは「命」のこと。

【作者】１１４９～１２０１年　後白河《ごしらかわ》天皇の第三皇女。賀茂神社《かもじんじゃ》の斎院を務め、後に出家する。「新古今集」の代表的な女流歌人。

私の命などいっそ絶《た》えてしまったほうがいいでしょう。このまま生きながらえたら、恋心を秘《ひ》めて堪《た》え忍《しの》んできた気持ちが弱くなって、もう秘密《ひみつ》にできなくなりそうだから……。

⑨⓪

見《み》せばやな
雄《お》島《じま》のあまの
袖《そで》だにも

ぬれにぞぬれし
色《いろ》はかは《わ》らず
殷《いん》富《ぷ》門《もん》院《いんの》大《たい》輔《ふ》

見せばやな・・・見せたいものだ。
雄島・・・宮城県松島の島。
あま・・・漁民。

【作者】十二世紀半ば以降の人。藤原信成《ふじわらののぶなり》の娘。後白河《ごしらかわ》天皇の皇女亮子《りょうし》内親王（殷富門院《いんぷもんいん》）に仕える。寂蓮《じゃくれん》、西行《さいぎょう》らと親しく交流した。

涙で染《そ》まった私の袖《そで》を、あなたに見せたいものです。あの松島《まつしま》の雄島《おじま》の漁民《りょうみん》の袖さえ、波に濡《ぬ》れていても、私のように色までは変わっていないのです。

⑨1

きりぎりす
鳴《な》くや霜《しも》夜《よ》の
さむしろに

衣《ころも》かたしき
ひとりかも寝《ね》む

後京極摂政前太政大臣《ごきょうごくせっしょうさきのだいじょうだいじん》

きりぎりす・・・こおろぎのこと。
さむしろ・・・むしろ。「寒し」が掛けられている。

【作者】1169〜1206年　藤原良経《ふじわらのよしつね》。関白兼実《かねざね》の二男。三十四歳で摂政になる。「新古今集」の仮名序を執筆した。

こおろぎが寒《さむ》い夜に鳴《な》いています。霜降《しもふ》る夜、むしろに衣《ころも》の片袖《かたそで》を敷《し》いて、私はひとりさびしく寝るのでしょうか。

⑫

わが袖《そで》は
潮干《しおひ》に見《み》えぬ
沖《おき》の石《いし》の

人《ひと》こそ知《し》らね
かわくまもなし

二《に》条《じょう》院《いんの》讃《さぬ》岐《き》

潮干に見えぬ沖の石の・・・干潮の時も海の中にあって見えない沖の岩のように。

【作者】1141〜1217年　父は武将・歌人の源三位頼政《げんざんみよりまさ》。初めは二条天皇に仕え、後に後鳥《ごと》羽《ば》天皇の中宮任子《にんし》に仕える。

人は誰も知らないでしょうが、私の袖《そで》は、引き潮《しお》の時でも海の中にある沖《おき》の石みたいに、切ない思いでいつも涙で濡《ぬ》れていて乾《かわ》く間もありません。

⑨③

世《よ》の中《なか》は
常《つね》にもがもな
渚《なぎさ》漕《こ》ぐ

あまの小舟《おぶね》の
綱手《つなで》かなしも
鎌《かま》倉《くらの》右《う》大《だい》臣《じん》

常にもがもな・・・ずっと変わらず平和であってほしい。
あま・・・漁民。
綱手・・・舟を引っ張る綱。
かなしも・・・心にしみる。感動する。

【作者】1192~1219年　源実朝《みなもとのさねとも》。源頼朝《よりとも》の二男で鎌倉幕府の三代将軍。甥《おい》の公暁《くぎょう》に暗殺される。和歌と蹴鞠《けまり》を好んだ。

世の中は変わらず平和であってほしいものです。この海岸を、漁民《りょうみん》が小舟に引《ひ》き縄《なわ》をつけて、ゆっくり引いて安定《あんてい》して進んでいくさまは、心にしみ感動《かんどう》します。

⑭

み吉野《よしの》の
山《やま》の秋風《あきかぜ》
さ夜《よ》ふけて

ふるさと寒《さむ》く
衣《ころも》うつなり

参《さん》議《ぎ》雅《まさ》経《つね》

み吉野・・・奈良県の吉野。「み」は接頭語。　さ夜ふけて・・・夜が更けて。「さ」は接頭語。　衣うつ・・・衣につやを出したり、やわらかくするために、砧《きぬた》という台の上に布をのせて、槌《つち》で打つこと。

【作者】1170～1221年　藤原雅経《ふじわらのまさつね》。「新古今集」の撰者の一人。和歌・蹴鞠の家飛鳥井《あすかい》家を興《おこ》した。

吉野《よしの》の山から秋風が吹き、夜が更《ふ》けて、吉野の里は寒さがきびしくなってきました。衣うつ砧《きぬた》の音も聞こえてきて、一層《いっそう》さびしさと静《しず》けさが感じられます。

㊾⑤

おほ《お》けなく
うき世《よ》の民《たみ》に
おほ《お》ふ《う》かな

わが立《た》つ杣《そま》に
墨《すみ》染《ぞめ》の袖《そで》
前《さきの》大《だい》僧《そう》正《じょう》慈《じ》円《えん》

おほけなく・・・おそれおおくも。身の程もわきまえず。　うき世の民・・・つらいことの多いこの世の人々。　わが立つ杣・・・延暦寺のある比叡山のこと。　墨染の袖・・・黒い僧衣「墨染」と「住み初め」の掛詞。【僧になった作者の決意の歌】

【作者】1155~1225年　関白藤原忠通《ただみち》の子。十一歳で出家し、四度天台座主となる。史論「愚管抄《ぐかんしょう》」の作者。

おそれおおくも、私は比叡山《ひえいざん》に住みはじめたばかりの僧ですが、憂《う》き世に生きる人々に墨染の法衣《ほうい》の袖を覆《おお》いかけて祈《いの》っていこうと思います。

⑯

花《はな》さそふ《う》
嵐《あらし》の庭《にわ》の
雪《ゆき》ならで

ふりゆくものは
わが身《み》なりけり

入《にゅう》道《どう》前《さきの》太《だい》政《じょう》大《だい》臣《じん》

花さそふ嵐の庭の雪ならで・・・桜の花びらが、嵐でまっ白な雪のように降ったが。
ふりゆくものは・・・花びらが降りゆくの意味と、古《ふ》りゆく【年とる】の意味との掛詞。

【作者】1171～1244年　藤原公経《ふじわらのきんつね》。藤原定家《さだいえ》の義弟。頼朝と姻戚関係にあったことから承久《じょうきゅう》の乱《らん》の時、鎌倉方に内通した。

春の嵐《あらし》に誘《さそ》われて、庭一面に雪のように桜の花が降《ふ》り積《つ》もっていきます。降りゆくものは、実《じつ》は、栄華《えいが》の末《すえ》に美しく散《ち》っていく世に古《ふ》りゆく、私自身なのです。

㊼

来《こ》ぬ人《ひと》を
まつほの浦《うら》の
夕《ゆう》なぎに

焼《や》くや藻《も》塩《しお》の
身《み》もこがれつ
権《ごん》中《ちゅう》納《な》言《ごん》定《さだ》家《いえ》

まつほの浦・・・「待つ」が掛けられている淡路島の松帆の浦。
焼くや藻塩の・・・塩をとるために海藻《かいそう》を焼くこと。【身を焼くようにじりじりしながら待っている気持ちが込められている】

【作者】1162～1241年 藤原定家《ふじわらのさだいえ》。百人一首の撰者。藤原俊成《としなり》の子。微妙な情緒を詠む有心体《うしんたい》を提唱し中世和歌に大きな影響を与えた。

待《ま》っても来ないあなたを松帆《まつほ》の浦《うら》で待ち続けています。夕凪《ゆうなぎ》のころに焼く藻塩のように、私の身も心も恋焦《こいこ》がれています。

⑱

風《かぜ》そよぐ
ならの小川《おがわ》の
夕暮《ゆうぐ》れは

みそぎぞ夏《なつ》の
しるしなりける
従《じゅ》二《に》位《い》家《いえ》隆《たか》

ならの小川・・・京都の上賀茂神社近くの小川。「楢《なら》」の木と掛詞。
みそぎ・・・けがれを川の水で清める行事。6月末に行なわれる。旧暦では7月1日から秋。

【作者】1158～1237年　藤原家隆《ふじわらのいえたか》。定家《さだいえ》と並び称された歌人。「新古今集」の撰者の一人。歌の師は俊成《としなり》。

風がそよぎ、楢《なら》の木の葉を揺《ゆ》らしています。ならの小川の夕暮れは早くも秋の気配《けはい》です。みそぎだけが今日がまだ夏であるしるしです。

⑲

人《ひと》もをし《お》
人《ひと》も恨《うら》めし
あぢ《じ》きなく

世《よ》を思《おも》ふゆゑに
もの思《おも》ふ身《み》は

後鳥羽院《ごとばいん》

人もをし人も恨めし・・・ときには人を愛し、ときには人を恨む。
あぢきなく世を思ふ・・・思うようにならないこの世だと思う。
もの思ふ身・・・いろいろ思い悩む自分。

【作者】1180〜1239年　第八十二代天皇。高倉《たかくら》天皇の第四皇子。承久《じょうきゅう》の乱で隠岐に流され、その地で崩御。

人というものは、ときには人を愛《あい》し、ときには人を恨《うら》むものです。思うようにならないこの世に、思い悩《なや》む私です。

⑩

ももしきや
古《ふる》き軒端《のきば》の
しのぶにも

なほ《お》あまりある
昔《むかし》なりけり

順《じゅん》徳《とく》院《いん》

ももしき・・・皇居。
しのぶ・・・しのぶ草の意味となつかしく思うの意味の掛詞。

【作者】1197～1242年　第八十四代天皇。後鳥羽《ごとば》天皇の第三皇子。承久《じょうきゅう》の乱《らん》で父と倒幕を計り佐渡に流され、その地で崩御。

この皇居《こうきょ》は、軒端《のきば》は古び、しのぶ草さえ生《お》い茂《しげ》っています。こんなさまを見るにつけ、偲《しの》んでもなおあまりある、昔はよき御代《みよ》だったことがなつかしく思われます。

第四章 百人一首暗唱学習法 Q&A

Ｑ１　なぜ子どもは、百人一首を速いテンポで読むのが好きなのですか？

Ａ　今、子どもを取り巻く世界は、速いテンポにあふれています。テレビ、ゲーム、スポーツ、音楽、あるいはコンビニに代表される生活全般。百人一首も速いテンポでやるほうが、子どもにとってはより普通の状態だと思われます。

事実、百人一首についている昔風の朗読テープは、子どもたちに不評です。〝札とりゲーム〟もテンポよくやるほうが楽しいのです。逆にテンポが悪いとダレてしまい、せっかくの興味・関心も薄らいでしまいます。

Ｑ２　なぜ速読で脳が鍛えられるのですか？

Ａ　大脳の前頭前野は、音読と単純計算で著しく活性化することが最近の脳科学の研究で分かっています。またそこでは速さがきわめて大切で、速くやることとの効果も研究によって確かめられています。

ただ、この速さに関して子どもにプレッシャーをかけすぎると、時にマイナス面も出てくるので気をつけなければなりません。子どもが速さに対する目標を立てて、地道に力をつけていくようにしたいものです。

Q3　暗唱で、記憶力、理解力、感性などが、なぜ高まるのでしょうか？

A　その説明は、乳幼児が言葉を身につけていく過程が参考になります。赤ちゃんは言葉を真似しているだけで自然に言葉の意味を理解し、言葉と言葉を結び付けて創造的に使いこなしていきます。これは驚くべき脳力です。
人間にはもともと、このような力が備わっているのです。一説にはこれは大脳辺縁系（旧皮質）の海馬に備わっている潜在能力ともいいます。

反復徹底学習、とりわけ暗唱を繰り返すことで、長期記憶となります。すると、もともと脳に備わっている脳力（理解力、感性、創造性など）が自動的に働いてくるのです。これを自動処理能力といいます。

Q4　百人一首で日本語への美意識、豊かな心が培われていると実感しますか？

A　今の時点ではまだ百人一首の影響かどうかはっきりしませんが、山、川、海、空、雲などの自然に関心を寄せる子どもが多いようです。またそれら自然の現象と自分の気持ちを重ねる発想は、百首記憶している子ほど強いようです。作文にそのことを窺《うかが》わせる例が、いくつか見られるようになってきました。

Q5　国語力がグングン伸びるのは、どうしてでしょうか？

A　国語力とは、他人の言葉が理解でき、自分の言葉で表現できる力のことです。現代語の源流となっている古い言葉の音読・暗唱は、日本語のニュアンスへの感受性を著しく高めることに繫《つな》がります。

このことが国語力を高めるのではないかと思います。少なくとも百人一首を覚えた子どもにとって、国語の教科書に出ている文章が難しいという感覚はなくなるようです。

Q6　家庭でやる百人一首の学習で気をつけるポイントは？

A　音読を繰り返して覚えるのが最短ですが、強い集中力が必要です。とにかく一首ずつ暗唱できる数を増やしていきます。地道に続けなければ、百首はなかなか覚えきれません。「何のために百人一首を音読・暗唱するのか」を明確にしておくことが大切です。

家庭でやるなら、本書を使って、子どもに飽きさせないように親子や兄弟で交代でやるのがよいでしょう。〝札とりゲーム〟をしながら、合間に覚えていくという方法もありますが、この方法だと暗唱するのに時間がかかりますから、五福小学校で行なっているように、暗唱と〝札とりゲーム〟を組み合わせながら行ないましょう。どちらにしても、百人一首は声を出して音読・暗唱しなくては覚えられません。家の人の支えが必要です。

Q7 親子の〝交代音読〟は、なぜ効果的なのですか？

A ひとりで二〇回も繰り返していると飽きてきますが、親と交代で音読すれば、長く続けることができます。交代することで、適度な緊張と休憩のバランスがとれて、記憶しやすくなります。自分の音読と人の音読を聞き比べることで、常に新鮮さを感じながら続けられるのです。またこれを行なうことで、親子の一体感が生まれます。

Q8 一首を一日百回繰り返すと、どのような効果がありますか？

A 百回というのは、あくまでも象徴的な数字です。記憶力の強い子どもは四〜五回で覚えますし、記憶力の弱い人は百回繰り返しても覚えられません。そのときは四〇〇回、五

○○回と繰り返せばいいのです。
慣れてくると、繰り返す回数が少なくても楽に覚えられるようになるものです。百回という数は、それくらい繰り返せば誰でも必ず覚えられるということを示す目安です（中にはそれでも足りない人がいるでしょうが、その人は数百回繰り返せばいいのです）。

なお、その際の速さも大切。速いほうが深い記憶になります。ゆっくり五回繰り返すより、速く二〇回繰り返すほうが確実に覚えられます。

Q9　暗唱のテンポは速ければ速いほどよいのでしょうか？

A　前述したようにテンポ、スピードは速いほど脳は活性化して、記憶が定着しやすくなります。また同じ時間で、二倍速なら音読・暗唱を二倍繰り返せるという強みもあります。ただし三倍速以上を聞き取るには、訓練が必要（祥伝社ホームページ上の無料ダウンロードサービスの二倍速、三倍速の音声を使用してください）。その点、二倍速なら誰にでも聞き取ることが可能なので、二倍速から始めてみるのがよいでしょう。

【百人一首　一覧表】

百人一首を覚えているか確認するために
この表を使ってください。
コピーしてもち歩けば、外出時などに便利です。

①秋《あき》の田《た》の　仮《かり》庵《お》の庵《いお》の苫《とま》をあらみ　わが衣手《ころもで》は　露《つゆ》にぬれつつ　天智天皇《てんじてんのう》

②春《はる》すぎて　夏来《なつき》にけらし白妙《しろたえ》の　衣《ころも》ほすてふ《ちょう》　天《あま》の香《か》具山《ぐやま》　持統天皇《じとうてんのう》

③あしびきの　山鳥《やまどり》の尾《お》のしだり尾《お》の　ながながし夜《よ》を　ひとりかも寝《ね》む《ん》　柿本人麻呂《かきのもとのひとまろ》

④田子《たご》の浦《うら》に　うち出《い》でてみれば白妙《しろたえ》の　富士《ふじ》の高嶺《たかね》に　雪《ゆき》は降《ふ》りつつ　山部赤人《やまべのあかひと》

⑤奥山《おくやま》に　紅葉《もみじ》踏《ふ》みわけ鳴《な》く鹿《しか》の　声《こえ》きく時《とき》ぞ　秋《あき》は悲《かな》しき　猿丸大夫《さるまるだゆう》

⑥かささぎの　渡《わた》せる橋《はし》におく霜《しも》の　白《しろ》きをみれば　夜《よ》ぞふけにける　中納言家持《ちゅうなごんやかもち》

⑦天《あま》の原《はら》　ふりさけ見《み》れば春日《かすが》なる　三笠《みかさ》の山《やま》に　出《い》でし月《つき》かも　安倍仲麿《あべのなかまろ》

⑧わが庵《いお》は　都《みやこ》のたつみしかぞすむ　世《よ》をうぢ山《じやま》と　人《ひと》はいふ《う》なり　喜撰法師《きせんほうし》

⑨花《はな》の色《いろ》は　うつりにけりないたづ《ず》らに　わが身世《みよ》にふる　ながめせしまに　小野小町《おののこまち》

⑩これやこの　行《ゆ》くも帰《かえ》るも別《わか》れては　知《し》るも知《し》らぬも　逢坂《おうさか》の関《せき》　蟬丸《せみまる》

⑪わたの原《はら》　八十島《やそしま》かけて漕《こ》ぎ出《い》でぬと　人《ひと》には告《つ》げよ　海人《あま》の釣舟《つりぶね》　参議《さんぎ》　篁《たかむら》

⑫天《あま》つ風《かぜ》　雲《くも》の通《かよ》ひ《い》路《じ》吹《ふ》き閉《と》ぢ《じ》よ　を《お》とめの姿《すがた》　しばしとどめむ《ん》　僧正遍昭《そうじょうへんじょう》

⑬筑波嶺《つくばね》の　峰《みね》より落《お》つる男女川《みなのがわ》　恋《こい》ぞつもりて　淵《ふち》となりぬる　陽成院《ようぜいいん》

⑭陸奥《みちのく》の　しのぶもぢ《じ》ずり誰《たれ》ゆゑ《え》に　乱《みだ》れそめにし　われならなくに　河原左大臣《かわらのさだいじん》

⑮君《きみ》がため　春《はる》の野《の》に出《い》でて若菜《わかな》つむ　わが衣手《ころもで》に　雪《ゆき》は降《ふ》りつつ　光孝天皇《こうこうてんのう》

⑯たち別《わか》れ　いなばの山《やま》の峰《みね》に生《お》ふ《う》る　まつとし聞《き》かば　いま帰《かえ》り来《こ》む《ん》　中納言行平《ちゅうなごんゆきひら》

⑰ちはやぶる　神代《かみよ》も聞《き》かず竜田川《たつたがわ》　からくれなゐ《い》に　水《みず》くくるとは　在原業平朝臣《ありわらのなりひらあそん》

⑱住《すみ》の江《え》の　岸《きし》に寄《よ》る波《なみ》よるさへ《え》や　夢《ゆめ》の通《かよ》ひ《い》路《じ》　人目《ひとめ》よくらむ《ん》　藤原敏行朝臣《ふじわらのとしゆきあそん》

⑲難波潟《なにわがた》　みじかき芦《あし》のふしの間《ま》も　逢《あ》は《わ》でこの世《よ》を　過《す》ぐしてよとや　伊勢《いせ》

⑳わびぬれば　今《いま》はた同《おな》じ難波《なにわ》なる　みをつくしても　逢《あ》は《わ》む《ん》とぞ思《おも》ふ《う》　元良親王《もとよししんのう》

㉑今来《いまこ》む《ん》と　言《い》ひ《い》しばかりに長月《ながつき》の　有明《ありあけ》の月《つき》を　待《ま》ち出《い》でつるかな　素性法師《そせいほうし》
㉒吹《ふ》くからに　秋《あき》の草木《くさき》のしを《お》るれば　むべ山風《やまかぜ》を　嵐《あらし》といふ《う》らむ《ん》　文屋康秀《ふんやのやすひで》
㉓月《つき》みれば　ちぢにものこそ悲《かな》しけれ　我《わ》が身《み》一《ひと》つの　秋《あき》にはあらねど　大江千里《おおえのちさと》
㉔このたびは　ぬさもとりあへ《え》ず手向山《たむけやま》　紅葉《もみじ》の錦《にしき》　神《かみ》のまにまに　菅家《かんけ》
㉕名《な》にしおはば《わ》　逢坂山《おうさかやま》のさねかづ《ず》ら　人《ひと》に知《し》られで　くるよしもがな　三条　右大臣《さんじょうのうだいじん》
㉖小倉山《おぐらやま》　峰《みね》のもみぢ《じ》葉心《ばごころ》あらば　今《いま》ひとたびの　みゆき待《ま》たなむ《ん》　貞信公《ていしんこう》
㉗みかの原《はら》　わきて流《なが》るる泉川《いずみがわ》　いつ見《み》きとてか　恋《こい》しかるらむ《ん》　中納言兼輔《ちゅうなごんかねすけ》
㉘山里《やまざと》は　冬《ふゆ》ぞさびしさまさりける　人目《ひとめ》も草《くさ》も　かれぬと思《おも》へ《え》ば　源　宗于朝臣《みなもとのむねゆきあそん》
㉙心《こころ》あてに　折《お》らばや折《お》らむ《ん》初霜《はつしも》の　置《お》きまどは《わ》せる　白菊《しらぎく》の花《はな》　凡河内躬恒《おおしこうちのみつね》
㉚有明《ありあけ》の　つれなく見《み》えし別《わか》れより　あかつきばかり　憂《う》きものはなし　壬生忠岑《みぶのただみね》
㉛朝《あさ》ぼらけ　有明《ありあけ》の月《つき》とみるまでに　吉野《よしの》の里《さと》に　ふれる白雪《しらゆき》　坂上是則《さかのうえのこれのり》
㉜山川《やまがわ》に　風《かぜ》のかけたるしがらみは　流《なが》れもあへ《え》ぬ　紅葉《もみじ》なりけり　春道列樹《はるみちのつらき》
㉝ひさかたの　光《ひかり》のどけき春《はる》の日《ひ》に　静心《しずごころ》なく　花《はな》の散《ち》るらむ《ん》　紀友則《きのとものり》
㉞誰《たれ》をかも　知《し》る人《ひと》にせむ《ん》高砂《たかさご》の　松《まつ》も昔《むかし》の　友《とも》ならなくに　藤原興風《ふじわらのおきかぜ》
㉟人《ひと》はいさ　心《こころ》も知《し》らずふるさとは　花《はな》ぞ昔《むかし》の　香《か》ににほ《お》ひ《い》ける　紀貫之《きのつらゆき》
㊱夏《なつ》の夜《よ》は　まだ宵《よい》ながら明《あ》けぬるを　雲《くも》のいづ《ず》こに　月《つき》やどるらむ《ん》　清原深養父《きよはらのふかやぶ》
㊲白露《しらつゆ》に　風《かぜ》の吹《ふ》きしく秋《あき》の野《の》は　つらぬきとめぬ　玉《たま》ぞ散《ち》りける　文屋朝康《ふんやのあさやす》
㊳忘《わす》らるる　身《み》をば思《おも》は《わ》ず誓《ちか》ひ《い》てし　人《ひと》の命《いのち》の　惜《お》しくもあるかな　右近《うこん》
㊴浅茅生《あさじう》の　小野《おの》の篠原《しのはら》しのぶれど　あまりてなどか　人《ひと》の恋《こい》しき　参議等《さんぎひとし》
㊵しのぶれど　色《いろ》に出《い》でにけりわが恋《こい》は　ものや思《おも》ふ《う》と　人《ひと》の問《と》ふ《う》まで　平　兼盛《たいらのかねもり》

㊶恋《こひ》すてふ《ちょう》　わが名《わ》はまだき立《た》ちにけり　人《ひと》知《し》れずこそ　思《おも》ひ《い》そめしか　壬生忠見《みぶのただみ》

㊷契《ちぎ》りきな　かたみに袖《そで》をしぼりつつ　末《すえ》の松山《まつやま》　浪《なみ》こさじとは　清原《きよはらの》 元輔《もとすけ》

㊸逢《あ》ひ《い》みての　後《のち》の心《こころ》にくらぶれば　昔《むかし》はものを　思《おも》は《わ》ざりけり　権中納言敦忠《ごんちゅうなごんあつただ》

㊹逢《あ》ふ《う》ことの　絶《た》えてしなくはなかなかに　人《ひと》をも身《み》をも　恨《うら》みざらまし　中納言朝忠《ちゅうなごんあさただ》

㊺あは《わ》れとも　いふ《う》べき人《ひと》は思《おも》ほ《お》えで　身《み》のいたづ《ず》らに　なりぬべきかな　謙徳公《けんとくこう》

㊻由《ゆ》良《ら》のとを　渡《わた》る舟人《ふなびと》かぢ《じ》をたえ　行《ゆ》くへ《え》も知《し》らぬ　恋《こい》の道《みち》かな　曾禰好忠《そねのよしただ》

㊼八《や》重葎《えむぐら》　しげれる宿《やど》のさびしきに　人《ひと》こそ見《み》えね　秋《あき》は来《き》にけり　恵慶《えぎょう》 法師《ほうし》

㊽風《かぜ》をいたみ　岩《いわ》うつ波《なみ》のおのれのみ　くだけてものを　思《おも》ふ《う》ころかな　源《みなもとの》 重之《しげゆき》

㊾みかきもり　衛士《えじ》のたく火《ひ》の夜《よる》は燃《も》え　昼《ひる》は消《き》えつつ　ものをこそ思《おも》へ《え》　大中臣《おおなかとみの》 能宣朝臣《よしのぶあそん》

㊿君《きみ》がため　惜《お》しからざりし命《いのち》さへ《え》　長《なが》くもがなと　思《おも》ひ《い》けるかな　藤原《ふじわらの》 義孝《よしたか》

51 かくとだに　えやはいぶきのさしも草《ぐさ》　さしも知《し》らじな　燃《も》ゆる思《おも》ひ《い》を　藤原《ふじわらの》 実方朝臣《さねかたあそん》

52 明《あ》けぬれば　暮《く》るるものとは知《し》りながら　なほ《お》うらめしき　朝《あさ》ぼらけかな　藤原《ふじわらの》 道信朝臣《みちのぶあそん》

53 嘆《なげ》きつつ　ひとり寝《ぬ》る夜《よ》の明《あ》くる間《ま》は　いかに久《ひさ》しき　ものとかは知《し》る　右大将道綱母《うだいしょうみちつなのはは》

54 忘《わす》れじの　行《ゆ》く末《すえ》まではかたければ　けふ《きょう》を限《かぎ》りの　命《いのち》ともがな　儀同三司母《ぎどうさんしのはは》

55 滝《たき》の音《おと》は　絶《た》えて久《ひさ》しくなりぬれど　名《な》こそ流《なが》れて　なほ《お》聞《き》こえけれ　大納言公任《だいなごんきんとう》

56 あらざらむ《ん》　この世《よ》のほかの思《おも》ひ《い》出《で》に　いまひとたびの　逢《あ》ふ《う》こともがな　和泉式部《いずみしきぶ》

57 めぐりあひ《い》て　見《み》しやそれともわかぬ間《ま》に　雲《くも》がくれにし　夜半《よわ》の月《つき》かな　紫《むらさき》 式部《しきぶ》

58 有馬山《ありまやま》　猪名《いな》の笹原風《ささはらかぜ》吹《ふ》けば　いでそよ人《ひと》を　忘《わす》れやはする　大弐三位《だいにのさんみ》

59 やすらは《わ》で　寝《ね》なましものをさ夜《よ》ふけて　かたぶくまでの　月《つき》を見《み》しかな　赤染衛門《あかぞめえもん》

60 大江山《おおえやま》　いく野《の》の道《みち》の遠《とお》ければ　まだふみもみず　天《あま》の橋立《はしだて》　小式部内侍《こしきぶのないし》

⑥① いにしへ《え》の　奈良《なら》の都《みやこ》の八重桜《やえざくら》　けふ《きょう》九重《ここのえ》に　にほひ《おい》ぬるかな　伊勢大輔《いせのたいふ》

⑥② 夜《よ》をこめて　鳥《とり》のそらねははかるとも　よに逢坂《おうさか》の　関《せき》はゆるさじ　清少納言《せいしょうなごん》

⑥③ 今《いま》はただ　思《おも》ひ《い》絶《た》えなむ《ん》とばかりを　人《ひと》づてならで　言《い》ふ《う》よしもがな　左京《さきょう》　大夫道雅《のだいぶみちまさ》

⑥④ 朝《あさ》ぼらけ　宇治《うじ》の川霧《かわぎり》たえだえに　あらは《わ》れわたる　瀬々《せぜ》の網代木《あじろぎ》　権中納言定頼《ごんちゅうなごんさだより》

⑥⑤ 恨《うら》みわび　ほさぬ袖《そで》だにあるものを　恋《こい》にくちなむ《ん》　名《な》こそ惜《お》しけれ　相模《さがみ》

⑥⑥ もろともに　あは《わ》れと思《おも》へ《え》山桜《やまざくら》　花《はな》よりほかに　知《し》る人《ひと》もなし　前大僧正《さきのだいそうじょう》　行尊《ぎょうそん》

⑥⑦ 春《はる》の夜《よ》の　夢《ゆめ》ばかりなる手枕《たまくら》に　かひ《い》なく立《た》たむ《ん》　名《な》こそ惜《お》しけれ　周防内侍《すおうのないし》

⑥⑧ 心《こころ》にも　あらでうき世《よ》にながらへ《え》ば　恋《こい》しかるべき　夜半《よわ》の月《つき》かな　三条院《さんじょういん》

⑥⑨ 嵐吹《あらしふ》く　三室《みむろ》の山《やま》のもみぢ《じ》葉《ば》は　竜田《たつた》の川《かわ》の　錦《にしき》なりけり　能因法師《のういんほうし》

⑦⓪ さびしさに　宿《やど》を立《た》ち出《い》でてながむれば　いづ《ず》こも同《おな》じ　秋《あき》の夕暮《ゆうぐれ》　良暹法師《りょうぜんほうし》

⑦① 夕《ゆう》されば　門田《かどた》の稲葉《いなば》おとづ《ず》れて　芦《あし》のまろやに　秋風《あきかぜ》ぞ吹《ふ》く　大納言経信《だいなごんつねのぶ》

⑦② 音《おと》にきく　高師《たかし》の浜《はま》のあだ波《なみ》は　かけじや袖《そで》の　ぬれもこそすれ　祐子内親王家紀伊《ゆうしないしんのうけのきい》

⑦③ 高砂《たかさご》の　尾《お》の上《え》の桜咲《さくらさ》きにけり　外山《とやま》の霞《かすみ》　立《た》たずもあらなむ《ん》　権中納言匡房《ごんちゅうなごんまさふさ》

⑦④ うかりける　人《ひと》を初瀬《はつせ》の山《やま》おろしよ　はげしかれとは　祈《いの》らぬものを　源《みなもとの》　俊頼朝臣《としよりあそん》

⑦⑤ 契《ちぎ》りおきし　させもが露《つゆ》を命《いのち》にて　あは《わ》れ今年《ことし》の　秋《あき》もいぬめり　藤原《ふじわらの》　基俊《もととし》

⑦⑥ わたの原《はら》　漕《こ》ぎ出《い》でて見《み》ればひさかたの　雲居《くもい》にまがふ《う》　沖《おき》つ白波《しらなみ》　法性寺入道前関白太政大臣《ほっしょうじにゅうどうさきのかんぱくだいじょうだいじん》

⑦⑦ 瀬《せ》をはやみ　岩《いわ》にせかるる滝川《たきがわ》の　われても末《すえ》に　逢《あ》は《わ》む《ん》とぞ思《おも》ふ《う》　崇徳院《すとくいん》

⑦⑧ 淡路島《あわじしま》　かよふ《う》千鳥《ちどり》の鳴《な》く声《こえ》に　いく夜寝覚《よねざ》めぬ　須磨《すま》の関守《せきもり》　源《みなもとの》　兼昌《かねまさ》

⑦⑨ 秋風《あきかぜ》に　たなびく雲《くも》の絶《た》え間《ま》より　もれ出《い》づ《ず》る月《つき》の　影《かげ》のさやけさ　左京《さきょう》　大夫顕輔《のだいぶあきすけ》

⑧⓪ 長《なが》からむ《ん》　心《こころ》も知《し》らず黒髪《くろかみ》の　乱《みだ》れて今朝《けさ》は　ものをこそ思《おも》へ《え》　待賢門院《たいけんもんいんの》　堀河《ほりかわ》

81 ほととぎす　鳴《な》きつるかたをながむれば　ただ有明《ありあけ》の　月《つき》ぞ残《のこ》れる　後徳大寺左大臣《ごとくだいじのさだいじん》

82 思《おも》ひ《い》わび　さても命《いのち》はあるものを　憂《う》きにたへ《え》ぬは　涙《なみだ》なりけり　道因法師《どういんほうし》

83 世《よ》の中《なか》よ　道《みち》こそなけれ思《おも》ひ《い》入《い》る　山《やま》の奥《おく》にも　鹿《しか》ぞ鳴《な》くなる　皇太后宮大夫俊成《こうたいごうぐうのだいぶとしなり》

84 ながらへ《え》ば　またこのごろやしのばれむ《ん》　憂《う》しとみし世《よ》ぞ　今《いま》は恋《こい》しき　藤原《ふじわらの》 清輔朝臣《きよすけあそん》

85 夜《よ》もすがら　もの思《おも》ふ《う》ころは明《あ》けやらで　閨《ねや》のひまさへ《え》　つれなかりけり　俊恵法師《しゅんえほうし》

86 嘆《なげ》けとて　月《つき》やはものを思《おも》は《わ》する　かこち顔《がお》なる　わが涙《なみだ》かな　西行《さいぎょう》 法師《ほうし》

87 村雨《むらさめ》の　露《つゆ》もまだひぬ真木《まき》の葉《は》に　霧立《きりた》ちのぼる　秋《あき》の夕暮《ゆうぐれ》　寂蓮法師《じゃくれんほうし》

88 難波江《なにわえ》の　芦《あし》のかりねのひとよゆゑ《え》　みをつくしてや　恋《こい》ひわたるべき　皇嘉門院《こうかもんいんの》 別当《べっとう》

89 玉《たま》の緒《お》よ　絶《た》えなば絶《た》えねながらへ《え》ば　忍《しの》ぶることの　よわりもぞする　式子内親王《しょくしないしんのう》

90 見《み》せばやな　雄島《おじま》のあまの袖《そで》だにも　ぬれにぞぬれし　色《いろ》はかはら《わ》ず　殷富門院《いんぷもんいんの》 大輔《たいふ》

91 きりぎりす　鳴《な》くや霜夜《しもよ》のさむしろに　衣《ころも》かたしき　ひとりかも寝《ね》む《ん》　後京極摂政《ごきょうごくせっしょう》 前太政大臣《さきのだいじょうだいじん》

92 わが袖《そで》は　潮干《しおひ》に見《み》えぬ沖《おき》の石《いし》の　人《ひと》こそ知《し》らね　かわくまもなし　二条《にじょう》 院《いんの》 讃岐《さぬき》

93 世《よ》の中《なか》は　常《つね》にもがもな渚漕《なぎさこ》ぐ　あまの小舟《おぶね》の　綱手《つなで》かなしも　鎌倉右大臣《かまくらのうだいじん》

94 み吉野《よしの》の　山《やま》の秋風《あきかぜ》さ夜《よ》ふけて　ふるさと寒《さむ》く　衣《ころも》うつなり　参議雅経《さんぎまさつね》

95 おほ《お》けなく　うき世《よ》の民《たみ》におほ《お》ふ《う》かな　わが立《た》つ杣《そま》に　墨染《すみぞめ》の袖《そで》　前大僧《さきのだいそう》 正慈円《じょうじえん》

96 花《はな》さそふ《う》　嵐《あらし》の庭《にわ》の雪《ゆき》ならで　ふりゆくものは　わが身《み》なりけり　入道前太政大臣《にゅうどうさきのだいじょうだいじん》

97 来《こ》ぬ人《ひと》を　まつほの浦《うら》の夕《ゆう》なぎに　焼《や》くや藻塩《もしお》の　身《み》もこがれつつ　権中納言定家《ごんちゅうなごんさだいえ》

98 風《かぜ》そよぐ　ならの小川《おがわ》の夕暮《ゆうぐ》れは　みそぎぞ夏《なつ》の　しるしなりける　従二位家隆《じゅにいいえたか》

99 人《ひと》もを《お》し　人《ひと》も恨《うら》めしあぢ《じ》きなく　世《よ》を思《おも》ふ《う》ゆゑ《え》に　もの思《おも》ふ《う》身《み》は　後鳥羽院《ごとばいん》

100 ももしきや　古《ふる》き軒端《のきば》のしのぶにも　なほ《お》あまりある　昔《むかし》なりけり　順徳院《じゅんとくいん》

百人一首暗唱認定表

◎名人級《めいじんきゅう》目指《めざ》して、家の人と一緒《いっしょ》に練習《れんしゅう》しましょう。

◎家の人に聞いてもらって合格《ごうかく》したら、認定欄《にんていらん》に印《しるし》をもらいましょう。

◎家の人に聞いてもらって合格したら、日付《ひづけ》の欄《らん》に合格した日付を書きましょう。

段階		歌の数	級	認定欄	日付	段階		歌の数	級	認定欄	日付
覚える1	始めの5文字を見て（聞いて）、続けてすらすらと詠《よ》むことができる。	10	20			覚える2	何も見ないで一人ですらすらと詠むことができる。	10	10		
		20	19					20	9		
		30	18					30	8		
		40	17					40	7		
		50	16					50	6		
		60	15					60	5		
		70	14					70	4		
		80	13					80	3		
		90	12					90	2		
		100	11					100	1		

段階			歌の数	級	認定欄	日付
暗唱	何も見ないで一人ですらすらと詠むことができる。	10分以内で詠むことができる。	100	特級		
		7分未満で詠むことができる。	100	名人級		

百人一首暗唱練習表① 上の句5文字

1	あきのたの	11	わたのはら	21	いまこむと	31	あさぼらけ	41	こひすてふ
2	はるすぎて	12	あまつかぜ	22	ふくからに	32	やまがはに	42	ちぎりきな
3	あしびきの	13	つくばねの	23	つきみれば	33	ひさかたの	43	あひみての
4	たごのうらに	14	みちのくの	24	このたびは	34	たれをかも	44	あふことの
5	おくやまに	15	きみがため	25	なにしおはば	35	ひとはいさ	45	あはれとも
6	かささぎの	16	たちわかれ	26	おぐらやま	36	なつのよは	46	ゆらのとを
7	あまのはら	17	ちはやぶる	27	みかのはら	37	しらつゆに	47	やへむぐら
8	わがいほは	18	すみのえの	28	やまざとは	38	わすらるる	48	かぜをいたみ
9	はなのいろは	19	なにはがた	29	こころあてに	39	あさぢふの	49	みかきもり
10	これやこの	20	わびぬれば	30	ありあけの	40	しのぶれど	50	きみがため

☆百人一首の始めの5文字だけ一首から百首まで抜きだしてあります。
始めの5文字を見て（聞いて）、続けてすらすら詠《よ》めるように練習しましょう。

51 かくとだに	61 いにしへの	71 ゆふされば	81 ほととぎす	91 きりぎりす
52 あけぬれば	62 よをこめて	72 おとにきく	82 おもひわび	92 わがそでは
53 なげきつつ	63 いまはただ	73 たかさごの	83 よのなかよ	93 よのなかは
54 わすれじの	64 あさぼらけ	74 うかりける	84 ながらへば	94 みよしのの
55 たきのおとは	65 うらみわび	75 ちぎりおきし	85 よもすがら	95 おほけなく
56 あらざらむ	66 もろともに	76 わたのはら	86 なげけとて	96 はなさそふ
57 めぐりあひて	67 はるのよの	77 せをはやみ	87 むらさめの	97 こぬひとを
58 ありまやま	68 こころにも	78 あわぢしま	88 なにはえの	98 かぜそよぐ
59 やすらはで	69 あらしふく	79 あきかぜに	89 たまのおよ	99 ひともをし
60 おほえやま	70 さびしさに	80 ながからむ	90 みせばやな	100 ももしきや

百人一首暗唱練習表②　番号

㊶	㉛	㉑	⑪	①
㊷	㉜	㉒	⑫	②
㊸	㉝	㉓	⑬	③
㊹	㉞	㉔	⑭	④
㊺	㉟	㉕	⑮	⑤
㊻	㊱	㉖	⑯	⑥
㊼	㊲	㉗	⑰	⑦
㊽	㊳	㉘	⑱	⑧
㊾	㊴	㉙	⑲	⑨
㊿	㊵	㉚	⑳	⑩

☆百人一首の番号だけ一首から百首まで並べてあります。
番号を見て（聞いて）、その歌をすらすらと詠《よ》めるように練習しましょう。

91	81	71	61	51
92	82	72	62	52
93	83	73	63	53
94	84	74	64	54
95	85	75	65	55
96	86	76	66	56
97	87	77	67	57
98	88	78	68	58
99	89	79	69	59
100	90	80	70	60

百人一首暗唱練習表③　下の句7文字

41 ひと しれずこそ	31 よしのの さとに	21 ありあけの つきを	11 ひとには つげよ	1 わが ころもでは
42 すゑの まつやま	32 ながれも あへぬ	22 むべ やまかぜを	12 をとめの すがた	2 ころも ほすてふ
43 むかしは ものを	33 しづ こころなく	23 わがみ ひとつの	13 こひぞ つもりて	3 ながながし よを
44 ひとをも みをも	34 まつも むかしの	24 もみぢの にしき	14 みだれ そめにし	4 ふじの たかねに
45 みの いたづらに	35 はなぞ むかしの	25 ひとに しられで	15 わが ころもでに	5 こえきく ときぞ
46 ゆくへも しらぬ	36 くもの いづこに	26 いま ひとたびの	16 まつとし きかば	6 しろきを みれば
47 ひとこそ みえね	37 つらぬき とめぬ	27 いつ みきとてか	17 から くれなゐに	7 みかさの やまに
48 くだけて ものを	38 ひとの いのちの	28 ひとめも くさも	18 ゆめの かよひぢ	8 よを うぢやまと
49 ひるは きえつつ	39 あまりて などか	29 おきまど はせる	19 あはで このよを	9 わがみよに ふる
50 ながくも がなと	40 ものや おもふと	30 あかつき ばかり	20 みを つくしても	10 しるも しらぬも

☆百人一首の下の句の始めの7文字だけ一首から百首まで抜きだしてあります。
下の句の7文字を見て（聞いて）、歌全体を詠《よ》めるように練習しましょう。

51 さしも しらじな	61 けふ ここのへに	71 あしの まろやに	81 ただ ありあけの	91 ころも かたしき
52 なほ うらめしき	62 よに あふさかの	72 かけじや そでの	82 うきに たへぬは	92 ひとこそ しらね
53 いかに ひさしき	63 ひとづて ならで	73 とやまの かすみ	83 やまの おくにも	93 あまの をぶねの
54 けふを かぎりの	64 あらはれ わたる	74 はげし かれとは	84 うしと みしよぞ	94 ふるさと さむく
55 なこそ ながれて	65 こひに くちなむ	75 あはれ ことしの	85 ねやの ひまさへ	95 わがたつ そまに
56 いま ひとたびの	66 はなより ほかに	76 くもゐに まがふ	86 かこち がほなる	96 ふりゆく ものは
57 くも がくれにし	67 かひなく たたむ	77 われても すゑに	87 きり たちのぼる	97 やくや もしほの
58 いでそよ ひとを	68 こひ しかるべき	78 いくよ ねざめぬ	88 みを つくしてや	98 みそぎぞ なつの
59 かたぶく までの	69 たつたの かはの	79 もれいづる つきの	89 しのぶる ことの	99 よをおもふ ゆゑに
60 まだふみも みず	70 いづこも おなじ	80 みだれて けさは	90 ぬれにぞ ぬれし	100 なほ あまりある

祥伝社黄金文庫

祥伝社黄金文庫　創刊のことば

「小さくとも輝く知性」——祥伝社黄金文庫はいつの時代にあっても、きらりと光る個性を主張していきます。

真に人間的な価値とは何か、を求めるノン・ブックシリーズの子どもとしてスタートした祥伝社文庫ノンフィクションは、創刊15年を機に、祥伝社黄金文庫として新たな出発をいたします。「豊かで深い知恵と勇気」「大いなる人生の楽しみ」を追求するのが新シリーズの目的です。小さい身なりでも堂々と前進していきます。

黄金文庫をご愛読いただき、ご意見ご希望を編集部までお寄せくださいますよう、お願いいたします。

平成12年(2000年)2月1日　　祥伝社黄金文庫　編集部

奇跡《きせき》の百人一首《ひやくにんいつしゆ》　音読《おんどく》・暗唱《あんしよう》で脳力《のうりよく》がグングン伸《の》びる

平成22年12月20日　初版第1刷発行

著者　杉《すぎ》田《た》久《きゅう》信《しん》

発行者　竹内和芳

発行所　祥《しょう》伝《でん》社《しゃ》

東京都千代田区神田神保町3-6-5
九段尚学ビル　〒101-8701
☎03（3265）2081（販売部）
☎03（3265）2084（編集部）
☎03（3265）3622（業務部）

印刷所　萩原印刷

製本所　ナショナル製本

造本には十分注意しておりますが、万一、落丁、乱丁などの不良品がありましたら、「業務部」あてにお送り下さい。送料小社負担にてお取り替えいたします。

ISBN978-4-396-31528-3 C0137

祥伝社のホームページ・http://www.shodensha.co.jp/